Lutz Doblies

Acht Stufen zum Tempel

Eine Erzählung

„Wie die Samen, die unter der Schneedecke träumen, träumen eure Herzen vom Frühling. Vertraut diesen Träumen, denn in ihnen verbirgt sich das Tor zur Unendlichkeit."

Khalil Gibran [1]

Bibliografische Information Der Deutschen Bibliothek

Die Deutsche Bibliothek verzeichnet diese Publikation in der
Deutschen Nationalbibliografie; detaillierte bibliografische Daten
sind im Internet über <http://dnb.ddb.de> abrufbar.

Herstellung und Verlag: Books on Demand GmbH, Norderstedt

ISBN 978-3-8370-9949-2

Nicole

Der Weg meines Herzens

„Du hast eine Aufgabe zu erfüllen. Du magst tun was du willst, magst hunderte von Plänen verwirklichen, magst ohne Unterbrechung tätig sein - wenn du aber diese eine Aufgabe nicht erfüllst, wird alle deine Zeit vergeudet sein."

Dschelal ed-Din Rumi [2]

Dies ist die Geschichte eines Mannes, der seinen Weg zum Tempel ging. Er wurde auf den einzelnen Stufen mit seinem Leben konfrontiert und konnte es sich aus einer anderen Perspektive noch einmal ansehen. Er war auf dem Weg zum Tempel und wusste nicht, was ihn unterwegs und an seinem Ziel erwartete. Aber er wusste, dass er dort hin gehen sollte. Tief im Inneren spürte er es und es gab für ihn jetzt nichts Wichtigeres.

Er war neunundvierzig Jahre alt, als er sich auf den Weg begab. In den neunundvierzig Jahren zuvor wurde er mehr oder weniger gelebt, statt selber zu leben. Jetzt wollte er es ändern, sein Leben selbst in die Hand nehmen. Er wollte aufwachen und wissen, warum er hier in dieser Welt war, mit der er so wenig anfangen konnte. Er wollte wissen, warum er lebte und warum er gerade zu dieser Zeit lebte.

Er ging diesen Weg. Er hatte keine Erwartungen, war aber aufgeregt. Er spürte es im Bauch, dort, wo er es immer spürte, wenn er aufgeregt war.

Natürlich könnte er hier vorgestellt werden, könnte hier beschrieben werden. Er könnte als neunundvierzig jähriger, sehr schlanker Mann beschrieben werden, der verheiratet war und keine Kinder hatte. Es könnte weiter erzählt werden, dass er Nachrichtentechnik studiert hatte und mit siebenundvierzig Jahren zum Beruf des Heilpraktikers wechselte. Weiter könnte er einen Namen bekommen.

Das aber spielte hier keine Rolle. Es spielte eine Rolle, dass es sich um einen Menschen handelte, der seinen Weg ging. Er hatte sich einen Tempel innerlich ausgesucht. Er hatte hingespürt und es war sein Tempel. Es konnte kein anderer sein. Auf seinem Wege wurde er mit vielen Gefühlen konfrontiert, die noch in ihm steckten und die selbst aus seiner Kindheit stammten. Damals konnte er nicht damit umgehen und hatte sie verdrängt. So hatte er es gelernt, verdrängen konnte er sehr gut.

Die Erlebnisse aus seiner Kindheit hinderten ihn, zu sich selber zu finden, bei sich selber anzukommen. Er hatte sie nicht verarbeitet und konnte sie in sein Leben nicht integrieren.

Seine Geschichte könnte an dieser Stelle weiter erzählt werden. Aber wir lassen ihn lieber selbst erzählen.

Der Beginn der Reise

„In der Stille fangen die Informationen an zu sprudeln, zu fließen in sanfter Form, in liebevoller Form, in der Form, die gebraucht wird, für mich und für alle."

Lutz Doblies [3]

Eines Tages war es da, dieses Gefühl. Ein Gefühl, dass ich vor vielen Jahren schon einmal spürte, bevor ich zu den Philippinen flog. Das Gefühl, das tief im Innern lag. „Da musst du hin", waren auch hier die Worte, die mir durch den Kopf gingen. Dieses Gefühl war diesmal nicht nur im Bauch, wie ich es so oft hatte, sondern es war im ganzen Körper zu spüren.

Es blieb mir also keine Wahl. Ich musste diesen Weg gehen und jetzt war es soweit. Also packte ich meine Sachen, die ich für diese Reise brauchte. Ich nahm nur wenige Sachen mit, nur das Nötigste. So würde ich mit leichtem Gepäck reisen. Die Dinge, an die ich beim Packen nicht denken würde, brauchte ich auf meine Reise auch nicht. Es wurde wirklich nur sehr leichtes Gepäck.

Ich kaufte mir ein Ticket um gleich am nächsten Tag los fahren zu können. Alles, was ich an diesem Tag anpackte, lief wie am Schnürchen, ging glatt von meiner Hand.

Die Tasche war gepackt, das Ticket besorgt, das Zimmer gebucht und meine Blumen versorgt. Den Rest des Tages genoss ich, das Bad in Pfirsich-Zart-Ölbad und das Nichtstun. Früh ging ich zu Bett um am nächsten Tag ausgeruht starten zu können.

Nachts träumte ich verschiedene Träume, ganz unterschiedliche Träume. Es waren Träume, die ich früher schon träumte und neue Träume. Sie waren unangenehm wie auch angenehm. Am nächsten Morgen konnte ich mich an die meisten Träume nicht mehr erinnern. Ich fühlte mich ausgeruht.

Als ich im Badezimmer vor dem Spiegel stand, sah ich in ein Gesicht, das unrasiert und auch etwas ängstlich aussah. Es blickte mich an. Ich konnte tief in meine Augen sehen, so tief wie nie zuvor.

Ich begrüßte mich und hatte dabei das Gefühl, dass mein Spiegelbild mir sagen würde, dass alles in Ordnung sei und ich nur etwas Angst vor der Reise hätte. Aber so war es nicht, es war noch viel mehr, das spürte ich. Es war ein Teil meiner Persönlichkeit, der mir sagte, dass er nicht sterben wolle.

Ich erschrak. Aber mir fiel gleich darauf wieder ein, was ich in der Kinesiologie Ausbildung gelernt hatte. Es handelte sich um Glaubensmuster. Wenn ein

Glaubensmuster lange Zeit existierte, würde es zu einem Teil der Persönlichkeit werden. Und wenn dieses Muster aufgelöst würde, gäbe es eine Veränderung, die durchaus einmal Angst machen könnte. Die Angst vor der Veränderung. Ich tat etwas, was mir auf meinem Weg noch oft helfen sollte. Ich atmete ein paar Mal tief durch. Danach ging es mir wieder besser und ich wusste, dass ich dieses Glaubensmuster loslassen durfte und konnte. Ich konnte es ausatmen. Mit jedem Atemzug ließ ich es mehr und mehr los, bis es ganz aufgelöst war. Ich hatte diese Methode früher oft angewendet und so fiel es mir leicht, sie anzuwenden.

Ich wollte diesen Weg gehen, um so zu werden, wie ich ganz früher einmal war und wie ich gerne von Herzen sein wollte. Dazu wollte ich meinen Weg gehen. Ein Weg, den nur ich gehen konnte, den mir auch keiner abnehmen konnte. Ich musste ihn schon selber gehen.

Ich sah in mein Spiegelbild, das jetzt anfing zu lächeln. Jetzt war es Zeit zum Rasieren und Zähne putzen. Es machte auch viel mehr Spaß, ein lächelndes Gesicht zu rasieren.

Danach ließ ich mir viel Zeit für mein Frühstück. Es schmeckte mir sehr gut. Besonders, als ich noch an das lächelnde Gesicht im Spiegel dachte.

Es ist schön für den Tag, ihn mit einem Lächeln zu beginnen.

Am späten Vormittag nahm ich meinen Rucksack und verließ meine Wohnung. Ein paar Stunden später war ich am Zielort angekommen. Ich hatte mir ein Kloster ausgesucht. Von dort war es nicht mehr weit zum Tempel.

Als ich am Kloster ankam und über die Schwelle das Gebäude betrat, war in mir eine unendliche Stille, kein Gedanke war mehr da. Es war so still, dass ich fast hätte das Gras wachsen hören.

Das Zimmer war sehr einfach eingerichtet und sehr sauber. Aber gerade das Einfache war auch das Stilvolle, das Schlichte wurde zum Besonderen. Das Glas Wasser in der Hand schmeckte wunderbar weich und erfrischend. Die Würde dieses Hauses war ergreifend. Demütig fühlte ich die Liebe, die hier überall zu sein schien, selbst in den dunkelsten Ecken. Jeder Schritt wollte mit Ehrfurcht gegangen werden, mit Würde, völlig lautlos um die Stille nicht zu durchbrechen. Selbst die Mahlzeiten waren in Stille. Das Klappern des Besteckes an dem Geschirr wurde vermieden. Hier war es einfach, in der Stille zu bleiben.

Die erste Nacht war ungewohnt. Während zu Hause noch Gedanken durch meinen Kopf gingen, war hier einfach die Stille.

Im Bett liegend nahm ich etwas wahr. Irgendetwas schien neben dem Bett zu stehen. Etwas Angst machte es mir schon, aber ich war im Kloster und wer sollte schon neben mir stehen. Das Wesen, so nenne ich es hier einfach einmal, sagte zu mir, dass ich keine Angst zu haben brauchte und dass es mich beschützen würde, es würde über mich wachen. Nach einiger Zeit verschwand es wieder.

In dieser Nacht träumte ich nicht und war vollkommen erholt am nächsten Tag aufgewacht.

Es war hier so schön, wie in einer anderen Welt. Alle Alltagssorgen waren wie weggeblasen, so als ob ich sie beim Pförtner abgegeben hätte. Es war der würdige Ort für meinen Weg, für den Weg meines Herzens, für den Weg zum Tempel.

Bevor ich meinen Weg gehen wollte, blieb ich noch ein paar Tage in dem Kloster. Ich genoss den Aufenthalt und konnte mich entspannen. Das Schwimmen vor dem Frühstück tat sehr gut, die Spaziergänge nach den Mahlzeiten waren sehr erholsam in der frischen und reinen Luft. Die Ruhe im Kloster sorgte für meine innere Ruhe und Ausgeglichenheit.

An einem späten Nachmittag setzte ich mich in den Innenhof. Vögel zwitscherten, der Wind spielte mit den Blättern und der kleine Brunnen in der Mitte rauschte und plätscherte ganz zart und leise. Aus einem Zimmer zum Innenhof kam leise klassische Musik. Ich blickte in die Richtung und sah, wie dort geprobt wurde. Es waren mehrere Musiker mit Geige, Bass und Cello zu sehen. Ich schloss meine Augen und genoss die Musik. Sie verlieh mir Flügel und ich begann im Rhythmus der Musik zu schweben.

Ich fand es sehr schade, als die Proben beendet wurden. Sie hätten noch viel länger dauern können. Aber auch für mich war es Zeit, aufzustehen und in mein Zimmer zu gehen.

Leicht schwebend ging ich früh zu Bett. Ich spürte, dass es am nächsten Morgen soweit war. Ich wollte zum Tempel gehen. Es war genau der richtige Tag.

Sehr früh stand ich auf und frühstückte. Für meinen Weg nahm ich ein kleines Lunchpaket mit. Am Abend würde ich wieder zurück sein.

Der Weg

"Löse die Knoten der Fehler, die uns binden, wie wir die Schnüre loslassen, womit wir an den Fehlern anderer festhalten."

Neil Douglas-Klotz [4]

D ies war mein Weg, das spürte ich genau. Ich ging diesen Weg, weil ich ihn gehen musste. Es war ein ganz normaler Weg, wie jeder andere auch, so dachte ich zumindest am Anfang. Aber es sollte ein wunderbarer Weg der Gefühle werden.

Der Weg führte an einem Bach vorbei, der klein war, aber durch die vielen Steine auch eine schön fließende Strömung hatte. Das Wasser war kristallklar. Wider Erwarten war das Wasser warm und lud mich ein, mich zu waschen. Ich wollte für meinen Weg sauber, rein und klar sein.

Ich zog mich aus und stellte mich an einen Platz, an dem der Bach etwa knietief war. Mit meinen Händen nahm ich Wasser auf und ließ es über meinen Körper laufen. Es schien mich anders zu reinigen, als die Dusche am Morgen. Es tat gut, den alten verkrusteten Schmutz, den man nicht sehen konnte, abzuwaschen, ihn loszulassen. Ich streifte die alte Haut ab - natürlich nicht wörtlich genommen, sondern nur bildlich - um sie von dem wunderbaren Wasser forttragen zu lassen. Ich spürte genau, wie ich Altes loslassen konnte und mit klarer, frischer und neuer Energie aufgetankt wurde.

Die alten Schleier lösten sich, das Alte wurde weggespült. Ich fühlte mich so wunderbar wie - ja - wie ich mich vor tausenden von Jahren einmal gefühlt haben mochte. So kam es mir jedenfalls vor. Wieder so, wie das kleine, reine und unschuldige Kind, das vollkommen im Hier und Jetzt, neugierig und mit Vertrauen in das Leben blickt. Das Kind, das ich einmal war, aber nicht mehr sein durfte, weil ich Erfahrungen machte, die mich eines anderen belehrt hatten. Genauer gesagt hatte ich es mir so zu Recht gelegt. Ich hatte alle Erfahrungen in Schubladen gesteckt. Da ich aber die Übersicht behalten wollte, hatte ich nur wenige Schubladen. So musste ich die Erfahrungen und Eindrücke so verändern, dass sie zumindest in eine der Schubladen passten.

Dadurch gab es wenige Sichtweisen, wenig Neues. Mit anderen Worten: Das Leben wurde sehr langweilig und enthielt immer weniger Sinn. Das wollte ich ändern und ging nun meinen Weg.

Vieles hatte ich bis heute erlebt, vieles, das meinen Schleier immer dichter werden ließ, um ganz in die Materie abzutauchen. Genau genommen waren es nicht die Erlebnisse, die den Schleier immer dichter machten, sondern ich war es selber, der meinen eigenen Schleier verdichtete. Vieles hatte mir dabei geholfen, immer weniger zu sehen und zu fühlen. Es ging sogar so weit, dass ich Angst vor meinen eigenen Gefühlen hatte. Angst vor der Angst, Furcht vor der Zukunft, Sorgen und vieles mehr. Das alles wurde jetzt weggespült. Ich sah die Ängste weg fließen, genau so die Sorgen und Nöte. Sie fielen als dunkle Tropfen ins Wasser und lösten sich in der Klarheit auf. Als ich es verschwinden sah, wurde mir klar, dass ich es die unendlich lange Zeit festgehalten, ja sogar behütet hatte. Ich brauchte es nur loszulassen. Die Tropfen verschwanden so schnell, dass mir in dem einen Moment die Bedeutung der einzelnen Tropfen klar war, im nächsten Moment hatte ich sie auch schon wieder vergessen. Sie waren aufgelöst.

Ich durfte jetzt wieder so sein, wie ich war. Ich durfte jetzt wieder so werden wie ich früher war. Ich brauchte die alten Lasten nicht mehr mit mir herumzutragen. Ich durfte wieder das fröhliche, unschuldige und sehr klare und weise Kind sein, dabei aber nicht kindisch, sondern kindlich, von Herzen lebend.

Ich fühlte genau, wie viel Energie es gekostet hatte, das alles festzuhalten. Diese Energie wurde jetzt freigesetzt. Energie, die ich jetzt für meinen weiteren Lebensweg und für meine Lebensaufgabe einsetzen konnte. Energie, die für mein Leben gedacht war, aber die ich mir nicht für mein Leben zur Verfügung stellte.

Ein Lächeln machte sich über mein Gesicht breit. Ein Lächeln, das von Innen kam. Ich ließ es zu und fühlte tiefe Freude in mir, die ich schon vor so langer Zeit vergessen hatte, so wie auch mein Lebenssinn in Vergessenheit geriet. Beide waren so eng miteinander verknüpft, dass sie mit dem Schleier zusammen verdeckt wurden. Ich tauchte immer tiefer in die Materie ab und verstand dabei immer weniger von dem Leben.

Jetzt aber lächelte ich. Es wurde mir bewusst. Ich spürte die Freude in mir, die ich so lange gesucht hatte. Und mit dieser Freude kamen auch mein Lebenssinn und meine Lebensaufgabe zurück. In meinem Körper spürte ich es ganz deutlich im Herzen. Ich fühlte, wie mein Herz aufblühte und mit meiner Seele in direktem Kontakt stand. Wahrscheinlich waren sie immer in Kontakt, nur ich konnte es nicht fühlen, nicht hören und nicht verstehen. Mein Herz blühte auf, wie eine duftende, strahlende Rose, ein wunderschönes Bild. Ich konnte sogar den Duft wahrnehmen. Mein Traum, meine Vision wurde wahr. Eine Vision, die so stark war, dass ich - wie seit sehr langer Zeit nicht mehr - wieder zu mir stehen konnte. Es war so schön, zu wissen, dass ich diesem Ziel jetzt folgen konnte, dass ich andere Menschen wirklich innerlich berühren konnte.

Dieses Leuchten in meinen Augen machte die Welt viel strahlender und schöner, viel farbenfroher und melodischer. Es fügte sich alles zusammen zu einer wunderschönen Symphonie, bei der ich der Dirigent war. Mir wurde klar, dass ich auf der Bühne meines Lebens der Schauspieler, der Regisseur, der Dirigent und auch der Zuschauer war. Ich konnte jeder Zeit das Stück so umschreiben, so spielen, wie ich es wollte. Und dass sowohl in Nuancen wie auch den gesamten Ablauf. Ich hatte alle Möglichkeiten, mein Spiel zu spielen.

Früher war mir das nicht klar. Da hatte ich oft die Opferrolle übernommen und manchmal auch die Rolle des Täters, um gleich hinterher wieder in die Opferrolle zu schlüpfen. Das lief nicht bewusst ab. Ich war in dieser Rolle gefangen, weil ich mich selbst dort gefangen hielt. Ich kannte es nicht anders und ich konnte nicht anders leben. So war zumindest mein Muster, das ich sehr gut spielte und auslebte. Ich hatte mir den schönen und dichten Schleier umgelegt, um dieses Spiel spielen zu können. Alles, was ich sah, hörte und fühlte, war mit dem Grauschleier belegt.

Ich stand hier im Bach und sah, wie der Grauschleier sich auflöste. Und musste dabei fast lachen, denn ich wusste, ich hatte mir den Schleier selbst umgelegt. Er war meine eigene Kreation. Ich wusste auch, dass nur eine Entscheidung in mir dazu geführt hatte, dass ich ihn ablegen konnte.

Es gab so viele wunderbare Engel, die mir halfen, den Grauschleier abzulegen. Oft erkannte ich nicht, dass es Engel in Menschengestalt waren. Jeder hatte auf seine eigene Art versucht mir zu helfen, in ganz liebevoller

Art. Manchmal war auch ein liebevoller Tritt in meinen Hintern dabei, glücklicherweise meistens nur bildlich gesprochen.

Viele Gesichter tauchten auf, als ich im Wasser stand und ich immer klarer und reiner wurde. Gesichter, die in meinen Lebensabschnitten für mich von Bedeutung waren. So schnell sie kamen, verschwanden sie auch wieder.

Ich wusste, ich würde auf dem Weg zum Tempel meine Lebensstationen noch einmal beleuchten können und mich für die Erfahrungen bedanken, die mich dorthin gebracht hatten, wo ich jetzt stand.

Auf dem Weg zum Tempel waren Stufen und ich würde Zeichen oder Symbole sehen. Vielleicht begegneten mir dort auch Abschnitte aus meinem Leben oder auch Geschichten. Ich wusste es nicht. Ich wusste auch nicht, was mich im Tempel erwartete.

Nach dieser Wäsche war ich rein und klar, voller Energie und voller Freude. Ich spürte, dass ich losgehen sollte. Ich streifte die Wassertropfen von meinem Körper und ließ mich in der Sonne trocknen. Danach zog ich mich an und machte mich auf den Weg zum Tempel.

Ich ging den Weg entlang des Baches weiter. Dort sah ich viele Blumen, Bäume und Vögel. Ich hörte das Rauschen des Baches, das Zwitschern der Vögel und das Rauschen der Blätter in den Bäumen. Die Sonne schien hell. Es war noch früh am Vormittag, aber doch schon recht warm. Ich liebte diese wohlige Wärme der Sonne, sie erfüllte mich mit Licht.

Leichten Fußes ging ich zur Treppe, die zum Tempel führte. Ich freute mich schon auf den Tempel und auch auf die einzelnen Stufen.

„Was mögen sie für mich haben?", fragte ich mich. Irgendwie war ich aufgeregt, ich spürte es in meinem Bauch. Ein wenig nur, aber ich spürte es deutlich. Nach einer kleinen Biegung nach rechts sah ich die Treppe und den Tempel. Als ich zum Tempel aufblickte, strahlte er mich an. Er schien eine Mischung verschiedener Kulturen zu sein. Stilelemente aus China, Griechenland, der Türkei, den Mayas und vieler anderer Völker waren zu erkennen. Als ich näher an die schöne Stufe kam, konnte ich den Tempel nicht mehr sehen. Ich sah nur noch die erste Stufe.

Die erste Stufe

„Du Strahlende, du Strahlender: Du scheinst in uns und außerhalb von uns - sogar die Dunkelheit leuchtet, wenn wir uns erinnern."

Neil Douglas-Klotz [5]

Ich stand vor der ersten Stufe. Eine wunderschöne Stufe mit feinen Schnitzereien. Ich stand davor und betrachtete sie, sog sie in mich auf. Ich spürte, wie unsere Verbindung immer tiefer wurde. Wir wurden eins. Es war zu spüren, dass die Stufe zu einem Teil von mir wurde. Sie war zu mir und ich zu ihr geworden. Ein Abschnitt meines Lebens. Ein Stück von mir. Ich spürte die Stufe, aber es war kein Bild und kein Gefühl in mir aufgetaucht. Ich sah nichts. Ich fühlte nichts. Ich hörte nur etwas. Ich hörte ganz leise Musik. Die Melodie kam mir bekannt vor. Es war für mich eine sehr bekannte Melodie, ein Tanz. Etwas, das ich schon sehr lange kannte, das aber wieder in Vergessenheit geraten war. Eine Melodie, die ich hörte, sang und tanzte. Es war ein Gruppentanz, den ich in einer wunderbaren Gruppe tanzte. Dieser Kreistanz begleitete mich: Abwun.

„Diese Melodie und dieser Tanz begleiten mich", dachte ich und das Lied wurde zum Ohrwurm.

Sie gab mir Kraft und Klarheit diese Treppe hinauf zu gehen. Sie war mein Lebenselixier, der Honig im Leben, die Süße des Lebens. Die Melodie, die alle Zellen in meinem Körper zum Leben erweckte und zum Jubeln brachte. Abwun. Die erste Stufe war Abwun.

Abwun, das Leben überhaupt. Das Leben, das Sein, das durch den göttlichen Atem zur Materie gelangt und dort das Leben einhaucht. Abwun. Der Spender des Lebens, des immerwährenden Lebens. Das Ursprüngliche, das Gott, Allah oder Manitu genannt wird, je nach Religion. Abwun, der Atem, der mich berührte und mich zum Leben erweckte, mich aufwachen ließ in ein neues Leben, hellwach und klar, alles Alte loslassend. Die Erfahrungen des Alten würdigend und ein neues Leben beginnend. Voller Respekt mir selbst und anderen gegenüber. Voller Energie und Freude. Meine Lebensaufgabe hervorbringend, andere Menschen zu berühren und ihnen zu helfen, selbstverantwortlich ihren Weg zu finden und zu gehen, den Frieden in die Welt tragend.

Abwun, die erste Stufe. Eine schöne Einstimmung, diesen Weg zu gehen. Ich wusste, dass das Abwun mir helfen würde, meinen Weg zu gehen.

Die erste Aufregung hatte sich gelegt. Es fühlte sich bei der ersten Stufe ruhig und harmonisch an, so wie bei dem Tanz. Ich stellte mich auf die Stufe, schloss meine Augen und fühlte die direkte Verbindung von dem Ursprünglichen zu mir, zu meinem Herzen, in mir. Mein Herz schlug gleichmäßig, ruhig und kräftig. Eine wunderbar warme Strömung kam aus meinem Herzen und floss durch meinen Körper, der warm und lichtvoll wurde. Jede einzelne Zelle nahm die Wärme und das Licht auf. Meine Augen leuchteten.

„Ja, das bin ich", kam es aus mir heraus.

Ich genoss diese Stufe, atmete tief durch und fühlte, dass ich zur nächsten Stufe gehen konnte. Aber wollte ich das wirklich? Wollte ich wirklich diese Stufe verlassen? Wollte ich wirklich die Geborgenheit zurück lassen und mich auf den Weg machen, den ich nicht kannte? Hatte ich mir das auch gut genug überlegt?

Jetzt war ich mir nicht mehr sicher, ob ich weiter gehen wollte. Aber ich hatte mich entschieden, diesen Weg zu gehen, zum Tempel zu gehen.

Ich wusste auch, dass ich jeder Zeit die Möglichkeit hatte, mich anders zu entscheiden, mich zu entscheiden wieder hierher zurück zu kehren. Also öffnete ich meine Augen und ging weiter zur nächsten Stufe. Ich hatte mich entschieden zu gehen und tat es auch, denn was nützt eine Entscheidung, wenn sie nicht in die Tat umgesetzt werden würde.

Der Weg zur nächsten Stufe war kurz, viel kürzer, als ich dachte. Sie war nur ein paar Schritte entfernt.

Die zweite Stufe

„Glücklich oder Unglücklich
sind wir nicht durch unsere Lebenslage,
sondern durch unsere
Einstellung zum Leben."

Hazrat Inayat Khan [6]

Ich erreichte die zweite Stufe und betrachtete sie. Auch sie hatte wunderschöne Schnitzereien. Manche davon waren sehr farbenfroh und leuchteten. Ich sah viele verschiedene Muster. Um sie mir genauer anzusehen, um sie zu fühlen und abzutasten, bückte ich mich. Aber ich sah jetzt weniger als vorher. Die Stufe fühlte sich glatt an. Als ich mich wieder hinstellte, wurde das Bild klarer. Ich konnte aber doch nichts Genaues erkennen. Meine innere Stimme sagte mir, ich solle mich auf die Stufe stellen, die Augen schließen und einfach nur fühlen.

Ich stellte mich auf die Stufe, schloss meine Augen und plötzlich kam der Gedanke, wenn das alle Menschen machen würden, dann würde die schöne Stufe abgewetzt und beschädigt werden.

„Es ist deine ganz persönliche Stufe", hörte ich ganz deutlich eine Stimme. „Sie ist nur für dich alleine da.

Niemand anders kann diese Stufe betreten." Ich öffnete meine Augen und sah mich um, konnte aber niemanden sehen. Doch hörte ich die Stimme ganz deutlich, so als ob neben mir jemand gestanden hätte. Ich schloss meine Augen wieder.

„Über deine ganz persönliche Treppe kannst nur du laufen. Sie ist der Weg zu deinem inneren Tempel. Jeder andere hat seinen eigenen ganz persönlichen Weg. Jeder Weg sieht anders aus. Es gibt keine zwei identischen Wege, so, wie es keine zwei identischen Menschen gibt. Und die Schnitzereien werden so lange halten, wie du es möchtest. Wenn du sie ändern möchtest, kannst du es jeder Zeit tun. Du brauchst es dir nur vorzustellen, wie sie aussehen sollen und schon ändern sie sich."

„Du sagtest, zu meinem inneren Tempel, wieso innerer Tempel?" fragte ich und öffnete plötzlich meine Augen. Ganz deutlich hatte ich doch den Tempel vor der ersten Stufe gesehen! War es doch nur ein Traum, war dieser Weg doch nicht real?

Ich kniff mich. „Aua", schrie ich. Das war wohl doch ein wenig zu heftig gewesen. Ich stand immer noch auf dieser Stufe. Es sah immer noch alles so aus, wie vorher. Dann war es doch wohl kein Traum.

Mir gefiel das Bild auf dieser Stufe und ich ließ es so, wie es war.

Ich atmete tief durch und konnte mit jedem Atemzug mehr und mehr loslassen. Ich hatte zwar beim Baden im Bach vieles losgelassen, aber es gab anscheinend doch noch mehr loszulassen.

Nach einiger Zeit sah ich verschiedene Farben, die sich zu einem Bild formten und das sogar mit geöffneten Augen. Es waren sehr bunte Farben, doch das Bild wurde immer dunkler. Ein Grauschleier legte sich über das Bild und doch sah ich beide Seiten, die farbenfrohe Seite und die Seite mit dem Grauschleier. In diesem Bild erkannte ich mich und konnte sehen, wie ich Zuschauer war, der beide Seiten sehen konnte und gleichzeitig der Schauspieler, der nur die verschleierte Seite wahrnahm.

Der Grauschleier wurde immer dichter und ließ immer weniger Licht hindurch. Das Gefühl auf der grauen Seite wurde immer schwerer und unangenehmer. Aber ich wusste, dass ich der Zuschauer war.

Ich dachte, dass auf diesen Stufen mein Leben in chronologischer Reihenfolge auftauchen würde. So war es aber nicht. Vielleicht waren Erfahrungen, die ich nicht für so wichtig hielt, die auf diesem Weg aber wichtiger als andere. Vielleicht aber auch nicht. Vielleicht war das auch nur eine Bewertung von mir, die hier keine Rolle spielte.

In dem Schleier tauchte ein Auto auf, in dem ich saß.

Damals fuhr ich von meinen Eltern zurück nach Hause, da hin, wo ich wohnte, in meine Wohnung, in der ich alleine war. Niemand wartete dort auf mich. Ich fuhr aber trotzdem von meinen Eltern weg, denn dort fühlte ich mich auch nicht zu Hause. Sie waren zwar meine Eltern, aber ich vermisste dort etwas, was ich damals noch nicht erklären konnte oder was mir noch nicht bewusst war. Ich fuhr also zurück.

Meine Stimmung war, wie früher so oft, leer. Ich fühlte nichts, war mir dessen aber nicht wirklich bewusst. Bewusst war mir nur diese merkwürdige Stimmung.

Auf der Fahrt war wieder dieser Gedanke: „Was soll das alles? Warum bin ich hier?" eine Frage, die oft in meinem Geiste war. Dazu noch die Stimmung der Leere.

Ich fuhr weiter nach Hause. Dann war da aber noch ein Gedanke. Er erschreckte mich nicht einmal. Er war einfach da, wie irgendein anderer Gedanke auch. „Was ist eigentlich, wenn ich jetzt gegen einen Brückenpfeiler fahren würde? Ist es dann endlich vorbei? Habe ich es dann hinter mir? Dann musst du es aber auch richtig machen und den Sicherheitsgurt lösen. Sonst ist es vielleicht nicht vorbei."

Diesen Gedanken ging ich nach, ohne ihn zu fühlen. Es waren viele Brückenpfeiler, bei denen ich es hätte ausprobieren können. Ich fuhr aber an ihnen vorbei. Ganz normal, so als ob dieser Gedanke gar nicht existierte. „Aber ich kann es ihnen nicht antun", dachte ich mir. Meine Eltern hatten ein paar Jahre zuvor schon einen Sohn verloren, meinen großen Bruder.

Mein ganzes Leben hatte ich es mit zwei Stimmen in mir zu tun. Die eine, die es allen anderen recht machen wollte und die andere Stimme, die es mir recht machen wollte. Sie gingen häufig verschiedene Wege. Später, als ich beide Stimmen annehmen konnte, ich beide Stimmen integriert hatte, konnten sie in eine Richtung ziehen. Sie gaben mir dadurch viel Kraft und Energie.

„Aber, ich kann es ihnen nicht antun", ließ mich auf der Autobahn weiter fahren.

Und dann sah ich ihn!

Er war so wunderschön, so voller Farben. Der Regenbogen. Solch einen schönen Regenbogen hatte ich noch nie gesehen. Es war nur ein kleiner Ausschnitt eines Regenbogens, aber mit dem gesamten Spektrum der Farben. „Ja, deshalb bin ich hier!" schoss es mir durch den Kopf. Ich wusste, dass ich hier sein wollte. Ich war nicht hier, weil ich musste. Ich war hier, weil ich wollte. Der Regenbogen hatte mich wieder daran erinnert. Fast hätte ich angehalten, um ihn mir anzusehen, fuhr jedoch weiter.

Bei jedem Regenbogen, den ich danach sah, fiel mir dieser Regenbogen immer wieder ein. Solch einen wunderbaren Regenbogen hatte ich danach nicht wieder in dieser Pracht gesehen. „Ja, deshalb bin ich hier", fällt mir jedes Mal wieder ein.

Für mich stand die Entscheidung fest, zu bleiben und nach Hause zu fahren. Ich kam dort sehr gut an.

Ganz langsam wurde mir bewusst, dass dieser Regenbogen nur für mich dort war. Nur für mich in dieser ganzen Pracht. Es gab einen Grund, warum ich hier war, warum ich hier lebte.

Jedes Mal, wenn ich an diesen Regenbogen dachte, ging ein Lächeln über mein Gesicht. Ich dachte dann nicht nur an ihn, ich sah ihn auch vor meinem inneren Auge. In meinem ganzen Körper spürte ich ihn oft. Er fühlte sich wohlig warm an. Er bereicherte jede einzelne Zelle meines Körpers, ja, sogar mein ganzes Wesen.

Ich hatte einmal gelesen, wenn Gott jemandem einen Engel schickt, kann es ein Mensch sein, ein Tier oder, wie bei mir, ein Regenbogen. In dem Film „Patch Adams" mit Robin Williams war es ein Schmetterling, der sich bei ihm auf die Hand setzte und ihn zum Weitermachen animierte.

Ich stand auf der Stufe und hörte eine Stimme, die zu mir sprach: „Du hast das Zeichen verstanden. Es war für dich. Ich spreche zu dir in einer Sprache, die du verstehst. Ich spreche zu dir in Bildern und Gefühlen."

Tief in mir fühlte ich ein wohlig warmes und lichtvolles Gefühl. Ein Gefühl der Freude, der Harmonie und der Erfüllung einer inneren Sehnsucht, einer Suche, die gefunden hatte. Es war etwas, das ich schon so oft im Außen gesucht hatte, es aber dort niemals fand, es dort auch nicht finden konnte.

Die Geschichte war noch so präsent, als ob sie erst gestern gewesen wäre. Sie war aber schon viele Jahre her. Ich blickte auf die Stufe und erkannte das Bild. Es war der Regenbogen, mein Regenbogen.

Ich atmete tief durch und blieb noch eine Weile auf dieser Stufe stehen. Mir standen die Tränen in den Augen. Das alles ging mir sehr nahe und mir war zum Weinen. Zum Weinen vor Freude und Berührung. Eine Träne lief langsam aus meinem rechten Auge über meine Wange. Ich spürte jeden einzelnen Millimeter. Es war ein Gefühl von Wärme aber auch die Kühle der Feuchtigkeit, die so langsam verdunstete. Es kitzelte. Ich genoss das leichte Kitzeln und die Vorfreude, wenn die Träne meinen Mund berührte und ich mit der Zunge den salzigen Tropfen schmecken würde. Es war viel herrlicher, als ich ihn wirklich schmeckte. Mein linkes Auge hatte sich zurück gehalten und behielt die Tränen für sich.

Einige Minuten stand ich noch auf der Stufe.

Ich atmete tief durch. Die inneren Bilder verschwanden langsam. Die Welt um mich herum nahm ich immer mehr wahr und sie sah jetzt anders aus, verändert. Sie war farbenfroher und machte einen fröhlicheren Eindruck. Sie war heller und leuchtender. Kaum konnte ich es glauben, aber am Himmel war der Regenbogen zu sehen.

Ich konnte auch schon die nächste Stufe sehen. Sie leuchtete, so als ob sie sagen würde „komm zu mir".

Ich atmete noch ein paar Mal tief durch und genoss dabei den Anblick der dritten Stufe. Sie war auch nur ein paar Schritte entfernt.

Die dritte Stufe

„Um etwas Neues zu erschaffen, braucht man Mut, Vorstellungsvermögen und Inspiration. Das heißt, dass man sich ausdehnen muss, um zu wachsen und weiter zu wachsen, bis das Alte völlig unkenntlich und vom Neuen überdeckt ist."

Eileen Caddy [7]

Ich ging zur Stufe und blieb vor ihr stehen. Ich sah sie an, aber es waren keine Schnitzereien zu sehen. Es waren auch keine Farben zu sehen. Auch als ich mich bückte, sah ich nur eine einfache Stufe. „Vorhin hatte sie noch geleuchtet und jetzt ist es nur eine einfache Stufe", dachte ich leicht enttäuscht. „Mal sehen, was sie mir zeigen wird."

Ich wusste und fühlte, dass sie mir auch etwas zeigen würde. Etwas aus meinem Innersten. Ich ließ mich darauf ein und stellte mich auf die Stufe.

Gleich nachdem ich die Augen schloss, sah ich ein Bild vor mir. Ich sah einen kleinen Jungen an einem Fenster sitzen. Das Fenster in meinem Kinderzimmer. Dort saß ich oft und blickte hinaus.

Wie so oft blickte ich zur Strasse. In der Ferne konnte ich eine viel befahrene Strasse sehen. Ich beobachtete die Autos, die dort fuhren, die Menschen, die dort liefen. In mir war wieder diese Leere, die ich später auch auf der Autobahn wahrnahm, bevor ich den schönen Regenbogen sah.

Diese Leere war mit Fragen gefüllt. Keiner war da, um sie zu beantworten. Es konnte sie auch keiner beantworten, weil ich die Fragen nicht einmal formulieren konnte. Es wurde in meiner Familie nicht über Gefühle gesprochen, nicht über Dinge, die mich bewegten. Es wurde nur über den Alltag gesprochen. Vielleicht hatte ich es auch wieder vergessen. Aber wie sollte ich über Gefühle sprechen, wenn ich sie nicht in Worte kleiden konnte. Die Gefühle waren da, und auch Zweifel. Es war wie in einem tiefen Schlaf, aus dem ich aufwachen wollte. Ich wollte raus. Aber wo raus? Aus meinem Schlaf? Aus meiner Haut? Aus meinem Leben? Raus aus was?

So saß ich oft alleine am Fenster, hörte Musik und blickte hinaus. Alleine für mich und ich konnte nichts mit mir anfangen.

Manchmal stieg das Gefühl in mir auf, dass alle anderen Menschen nur für mich spielten. Irgendwo würde ein Regisseur sitzen und alles arrangieren. Das Drehbuch war geschrieben und ich war mitten drin, ohne das Drehbuch zu kennen und ohne eine Einweisung in meine Rolle zu bekommen. Ich kannte meine Rolle nicht. Wie sollte ich sie da auch spielen. Und so saß ich am Fenster und sah hinaus. Wie in einem Kino sah ich einfach zu. Es war ein befremdliches Gefühl, das ich das Kino nicht verlassen konnte.

Mit meinen Eltern konnte ich nicht darüber reden. Ich hatte es nicht gelernt, über mich zu sprechen. Ich spürte, dass ich anders war, als die anderen Menschen, als meine Schulkameraden. Mit ihnen konnte ich zusammen sein, innerlich war ich es aber nicht, innerlich war ich alleine. Vielleicht wurde ich auch deshalb gehänselt. Ich hatte auch Freunde, aber auch mit ihnen konnte ich nicht darüber reden. Ich hatte es nicht gelernt, ich hatte zu viel Angst davor. Und ich versuchte es auch gar nicht.

War ich noch normal? Irgendwie fühlte ich mich nicht dazu gehörig. Also musste ich wohl doch nicht normal gewesen sein.

So spielte ich mich in meine eigene Welt. Im Spielen konnte ich sein, wie ich war, wie ich sein wollte. Ich konnte viele Freunde kennen lernen, die so ähnlich waren, wie ich. Ich spielte viel und lange und nur für mich. Ich spielte mir die Fragen von der Seele um zu mir selbst Zugang zu bekommen. Ich war in meiner Welt. Sie gefiel mir und ich wollte manchmal gar nicht mehr aus ihr heraus. Besonders zu Weihnachten war diese Gefühl sehr stark und ich tauchte dann sehr gerne in Abenteuerfilme ab.

Ich wollte auch der Held sein. Der Held, der die anderen rettet und das Opfer, das gerettet wird. Ich wollte beides sein. Es waren klare Rollen, die ich einnehmen konnte. Aber ohne Rolle, wie ich es in meinem Leben empfand, kam ich nicht zurecht. Ich war dort wie in einer Traumwelt. Doch wollte ich diese Traumwelt verlassen?

So stand ich auf der Stufe und hatte das Gefühl von damals in mich aufgesogen. Aber ich wollte das Gefühl loslassen und meinen neuen Weg gehen. Ich wollte diese Erfahrung aber auch nicht missen. Es war ein Teil von mir. Es gehörte zu mir. Es hatte mich auch dahin gebracht, wo ich jetzt stand. Würde ich überhaupt zu diesem Tempel gehen, wenn ich diese Erfahrung nicht gemacht hätte? Es war auf jeden Fall gut so, wie es war.

Durch tiefes Atmen konnte ich das Gefühl langsam loslassen. Ich kam wieder in mein Herz und die Freude stieg langsam wieder an.

Plötzlich hatte ich die Idee, ich könne dem Jungen etwas geben, damit er seinen Weg leichter findet. Ich ging zu dem Jungen an das Fenster und gab ihm einen kleinen Amethyst, in der Form eines Handschmeichlers.

Der Junge sah mich mit großen Augen an. Sie waren leer aber hatten doch einen kleinen Funken, einen kleinen Schimmer Hoffnung in sich.

„Dieser kleine Stein ist für dich", begann ich. „Ich kenne dich ganz genau, denn ich bin du." Der Junge verstand es sofort. Seine Augen bekamen langsam das Leuchten zurück, das er als Baby schon hatte.

„Ich weiß genau, wie du dich fühlst. Das ist vollkommen in Ordnung. Du hattest einen bestimmten Weg hinter dir und hast einen bestimmten Weg vor dir. Er wird dich dahin bringen, wo ich jetzt bin.

Dieser Stein wird dir helfen, deinen Weg zu gehen. Er wird dir helfen, mit deinen Gefühlen umzugehen, mit ihnen zu sprechen und sie anzunehmen. Du hast Gepäck mitbekommen, das du abwerfen wirst, das du loslassen wirst. Auf deinem weiteren Weg werden dir Menschen begegnen, die dir helfen werden, deinen Weg zu gehen. Jeder wird es auf seine Weise tun. Jeder wird dir deinen Weg zeigen.

Dieser Stein wird dich immer daran erinnern, dass du mehr bist, als nur dein Körper. Er wird dich daran erinnern, dass du nicht allein bist. Er wird dich daran erinnern, dass du eine Aufgabe für dein Leben mitbekommen hast. Du wirst deinen Weg finden und gehen."

Der Junge nahm den Stein an und freute sich so sehr darüber, dass er von dem Fenster aufsprang und voller Freude tanzte und jubelte. Er konnte seine Eltern und seine Brüder umarmen. Er strahlte jetzt die Liebe aus, die er gesucht hatte. Er konnte seinen Weg sehen und wusste, dass er eines Tages auf dem Weg zum Tempel diese Stufen besteigen würde und er würde immer die Unterstützung haben, die er brauchte. Er wusste, dass er nicht alleine sein würde.

Ich freute mich mit ihm. Ich stand auf der Stufe und sah ihn an. Ich sah das Fenster und den Jungen, der jetzt voller Neugier die Welt betrachtete.

In der Ferne hörte ich Vögel zwitschern. Es war ein wunderbares Lied. Sie sangen voller Freude und so unendlich harmonisch. Es erfüllte mich mit Freude, ein so schönes Lied hören zu können. Leicht schaukelte ich im Rhythmus des Liedes.

Als ich meine Augen öffnete, sah ich einen Vogelschwarm heran fliegen. Sie flogen in meine Richtung. Es waren sehr bunte Vögel, die ich noch nie gesehen hatte. Ich genoss den Anblick und ihr Lied. Sie flogen über mich hinweg und ich schaute ihnen noch lange nach, bis sie am Horizont verschwunden waren.

Genau so ließ ich die Geschichte auch ziehen. Ich richtete mich auf das Neue aus, auf die nächste Stufe. So wurde ich innerlich ruhiger und spürte mein Herz langsam, gleichmäßig und kräftig schlagen. Es war ruhig in mir, nicht einmal Gedanken kamen. Ich stand da und genoss es einfach.

Die vierte Stufe

„Lass den Himmel sich
auf der Erde widerspiegeln,
auf dass die Erde
zum Himmel werden möge."

Dschelal ed-Din Rumi [8]

Ich war bereit für die nächste Stufe. Langsam ging ich den Weg entlang, konnte aber die nächste Stufe noch nicht sehen. Eine ganze Weile lief ich und betrachtete die Landschaft. Die Vegetation war sehr abwechslungsreich mit vielen Bäumen, Sträuchern, Blumen und Gräsern.

Ich lief auf einen Baum zu, der anders aussah, als die anderen Bäume. Er war viel heller und er schien fast zu leuchten. Ich blieb bei so manchem Baum stehen, um ihn mir zu betrachten. Aber dieser Baum schien etwas Besonderes zu sein, etwas das ich vorher in dieser Weise noch nie wahrgenommen hatte. Als ich neben ihm stand, lud er mich ein, mich auf eine Bank neben ihm zu setzen. Die Einladung war voller freundlicher Liebe und ich setzte mich gerne.

Es war ein Wohlfühlplatz unter dem Baum. Ich fühlte mich geborgen, fühlte die Ruhe und Zufriedenheit und die Liebe, die dieser Baum ausstrahlte. Um besser fühlen zu können, schloss ich meine Augen. Es war ein sehr friedlicher und besinnlicher Ort. Hier konnte ich Kraft tanken, obwohl ich gar nicht das Gefühl hatte, Kraft tanken zu müssen.

Es kam mir so vor, als ob ich Teil eines Kreislaufes werden würde. Immer mehr wurde ich in den Kreislauf eingebunden, der vom Baum auszugehen schien. In mir spürte ich die Kraft fließen, durch alle Zellen, durch alle Emotionen und alle Gedanken. Langsam wurden wir eins.

Ich spürte, wie der Baum anfing, mit mir zu sprechen.

„Es ist Zeit für Veränderung. Es ist Zeit, aufzuwachen. Es ist Zeit, loszulassen und die Veränderung zu leben.

Veränderung ist Teil des Lebens. Wenn du dich nicht veränderst und dich den Veränderungen nicht stellst, wirst du vom Leben verändert. Du kannst es dir aussuchen.

Wenn du aber möchtest, dass sich nichts verändert, musst du alles verändern, denn alles verändert sich."

Diese Worte kamen mir bekannt vor. Es waren keine neuen Einsichten, aber es war schön, es noch einmal von jemand anderem zu hören, auch wenn dieser Jemand ein Baum war. Ich fühlte auch die Weisheit, die dieser Baum ausstrahlte.

Mein Leben war geprägt von Wiederholungen. Jeden Morgen gab es das gleiche zu essen, mittags war immer der gleiche Rhythmus und montags gab es immer Eintopf.

Manchmal brach ich aus dem Einerlei aus. In der Grundschule saß ich neben dem Mädchen, das im gleichen Haus wohnte, wie ich. Ich saß aber nur so lange neben ihr, bis der Lehrer oder die Lehrerin sagte, dass ein Junge nicht neben einem Mädchen sitzen würde. Ich wurde umgesetzt. Es blieb in mir die Frage offen: „Warum?"

Später, aber auch noch in der Grundschule, hatte ich jeden Morgen unsere Nachbarin abgeholt. Sie ging mit mir in die gleiche Klasse. Eines Tages hatte sie sich verspätet. Ich wartete trotzdem und wir beide kamen zu spät zur Schule. Wieder wurde ich vom Lehrer oder der Lehrerin zurechtgewiesen, dass ein Junge doch nicht wegen eines Mädchens zu spät kommen dürfe. Auch hier blieb die Frage offen: „Warum?"

Aber im Laufe meines Lebens hatte ich gelernt, mein Leben selbst in die Hand zu nehmen. Immer in kleinen Schritten ein wenig mehr. Zu Beginn hatte ich es ohne Hilfe anderer Menschen probiert. Mit der Zeit merkte ich aber, dass es ohne andere Menschen nicht geht. Ich lernte auch hier in kleinen Schritten, die Hilfe anderer Menschen anzunehmen.

Dass es manchmal Entscheidungen gibt, die nicht so einfach waren, bemerkte ich, als ich meinen Arbeitsplatz verlassen hatte.

Bis zu diesem Zeitpunkt hatte ich für mehrere Jahre zwei Jobs. Es wurde mir aber zu viel und ich beschloss am Anfang eines Jahres, meinen Nebenjob aufzugeben. Damals war ich sechsundvierzig. Der Nebenjob erfüllte mich zwar mehr, aber der andere sorgte besser für meinen finanziellen Lebensunterhalt. Ich fühlte mich mit dieser Entscheidung gar nicht wohl, aber meine Logik sagte mir, dass es so am Besten ist.

Zwei Monate später hatte ich ein wunderschönes Wochenende mit den Tänzen des universellen Friedens. Wir hatten den Samstagabend für eine Meditation vorgesehen. Danach war genügend Raum, um ein Bild in der Stille zu malen. Ich malte ein Bild mit einem Schmetterling und den Worten: „Ich bin frei".

Direkt nach diesem Wochenende bekam ich von meinem Arbeitgeber ein Angebot, das Unternehmen zu verlassen. Dazu gehörte auch, den Beamtenstatus aufzugeben.

Tief in mir fühlte ich, das Angebot ist für mich. Es ist meins, so wie ich es damals auch bei dem Regenbogen gefühlt hatte. Diesmal aber ging es tief an meine Substanz.

Das löste in mir heftige Reaktionen aus. Einerseits von einem Luftsprung „Ja, das ist es! Mach es!", andererseits bis zum „Du bist wohl total verrückt!"

So waren nicht nur die Stimmen in mir, sondern auch die Gefühle. In einem Moment fühlte ich die absolute Freude und im nächsten Moment die totale Panik. Die sechs Wochen bis zu meiner Entscheidung hatte ich keine Ruhe mehr, konnte mich nicht entspannen, keine Nacht mehr erholsam schlafen und hatte immer wieder Panikattacken.

Tief in mir wusste ich, dass die Entscheidung, meinen Heilpraktikerberuf an den Nagel zu hängen, nicht die richtige Wahl gewesen war. Tief in mir wusste ich, dass ich meinen Arbeitsplatz verlassen sollte. Aber die Ängste und Zweifel ließen mich mit dieser Entscheidung hadern.

An jedem Tag wechselten die Entscheidungsversuche mehrfach. So auch meine Stimmung und mein Gefühl. Es war die ganze Zeit keine Ruhe in mir. Ich konnte auch keine anderen klaren Entscheidungen treffen. In meinem Darm rumorte es ständig und ich nahm in dieser Zeit ein paar Kilo ab. Da ich sowieso nicht viel wog, machte es sich gleich deutlich bemerkbar. Ein paar graue Haare dürften auch dazu gekommen sein.

Ich erinnerte mich auch daran, dass ich in dieser Entscheidungsphase versuchte, in meine Zukunft zu sehen. Mit meinem alten Arbeitplatz sah es sehr eng und dunkel aus, wie ein Bilderrahmen in dunklem Grau und eine noch dunklere graue Fläche darin, die immer kleiner und dunkler wurde, bis das Bild recht schnell in sich zusammen fiel.

Als ich in meine andere Zukunft sah, war es wie ein heller Bilderrahmen mit dem Bild einer Blumenwiese, einer sehr bunten Blumenwiese mit strahlend blauem Himmel. Die Sonne schien hell und es fühlte sich aufblühend und warm an. Ich erinnerte mich immer wieder gerne an diese beiden Bilder.

Nach vielen kinesiologischen Balancen, Gesprächen mit Freunden und Bekannten hatte mir auch der Besuch bei einer Heilerin geholfen. Sie hatte mir die letzte Frage vor meiner Entscheidung gestellt:

„Stelle dir vor, am Ende deines Lebens stehst du neben deiner Urne oder neben deinem Grab und fragst dich: War dein Leben so, wie du es hättest leben wollen?"

Die Antwort war sehr, sehr, eindeutig.

Es waren sechs endlose Wochen vergangen, als die Entscheidung für mich fest stand. Ich war mir jetzt sicher.

Ich verließ meinen Arbeitsplatz. Danach hatte ich das Gefühl, dass ich wirklich zu leben begann und mein neues Leben genoss. Ausgebrochen aus dem bisherigen Leben, in das Abenteuer des neuen Lebens.

Meine Frau hatte mich bei meiner Entscheidungsfindung sehr gut unterstützt, hatte mir die Entscheidung aber nicht abgenommen. Keiner hatte mir diese Entscheidung abgenommen. Ich musste mich selbst entscheiden. Und ich tat es.

In keiner Minute danach hatte ich diese Entscheidung bereut. Es tauchte zwar manchmal die Frage auf, wie es weiter gehen würde, aber immer hatte ich das Gefühl, dass es weiter gehen würde, ohne zu wissen wie. Ich musste in dieser Zeit lernen, immer mehr auf mein Gefühl, auf mein Herz zu hören und zu vertrauen.

Es war eine neue Lebenserfahrung, da ich früher doch immer nur auf meine Gedanken gehört hatte. Zurückblickend konnte ich sagen, dass es aber doch viele Situationen in meinem Leben gab, bei denen ich nach meinem Gefühl entschieden und gehandelt hatte.

Interessant fand ich auch mein Traumtagebuch, das ich ein paar Jahre geführt hatte. Dafür waren zwölf Tage vor Heiligabend für meinen persönlichen Anteil bis zwölf Tage nach Heiligabend für meinen seelischen Anteil. Jeder Tag stand für den Zeitraum eines Tierkreiszeichens, begonnen mit dem Sternzeichen Widder.

In einer Nacht hatte ich einen ganz besonderen Traum. An dem Morgen danach waren nur noch die Worte ‚bye, buy, by Arbeitsplatz' im Gedächtnis geblieben. Dieser Traum stand für den Monat, an dem ich den letzten Tag bei meinem Arbeitgeber hatte.

Ich war zurückgekehrt von den Erlebnissen zu meinem Weg zum Tempel. Ich spürte wieder die Bank, auf der ich neben dem Baum saß.

Ich fühlte, wie der Baum mir half, meine Gefühle zu verstehen, anzunehmen und loszulassen. Ich hatte damals eine sehr aufregende Zeit und die Gefühle saßen noch tief. Aber der Baum nahm sie auf und führte sie ins Licht. Mit jedem Augenblick unter dem schönen Baum wurde ich leichter und konnte auch wieder freier durchatmen. Mit jedem Atemzug wurde ich ruhiger und ausgeglichener. Ich spürte, wie eine Last von mir genommen wurde. In meinem Darm fing es an zu rumoren und zu gluckern. Es war etwas in Bewegung gekommen, etwas, das ich über die Jahre mit mir herumgetragen hatte. Ich hatte es gut versteckt und getarnt. Aber es kam in Bewegung und der Baum nahm es sanft und ruhig auf, um es aufzulösen. Ich bekam frische neue Energie und Kraft.

Das Lächeln kam wieder in mein Gesicht zurück und das Leuchten in meinen Augen.

Ich saß neben dem Baum und öffnete die Augen. Ich sah den Baum verliebt an. Ich liebte ihn. Er hatte mir vieles abgenommen, was ich noch mit mir herumgetragen hatte.

Zu meiner Überraschung bedankte sich der Baum bei mir, dass ich mich geöffnet hatte. Eigentlich sollte ich mich doch bei ihm bedanken, dass er mir geholfen hatte, loszulassen. Aber er bedankte sich bei mir. Ein wunderbarer Baum. Danke schön lieber Baum.

Ich konnte meinen Blick nicht von diesem schönen Baum lösen. Aber ich spürte, dass es Zeit war, aufzustehen und zu gehen.

Ich stand auf, verbeugte mich leicht vor dem Baum und ging langsam weiter, nicht ohne mich noch einmal umzudrehen.

„Die Natur ist doch ein Wunder", sagte ich leise vor mich hin. Ich beobachtete Vögel, die am Himmel flogen. Einige von ihnen setzten sich auf einen kleinen Baum direkt neben mir. Ich blieb stehen um mir die Vögel genau zu betrachten. Sie fingen an, ein Lied zu singen. Es kam mir vor, als würden sie mir ein Lied über Liebe, die innere Zufriedenheit und das Glück singen. Sie wechselten sich ab, hüpften voller Freude im Baum herum, ohne ihr Lied zu unterbrechen. Als das Lied zu Ende war, sang ein einzelner Vogel ein Solo. Es klang wie ein Lied eines einsamen Wesens, das die Liebe jahrelang gesucht hatte. Es hatte in vielen Städten gesucht und sie nicht gefunden. Aber, als es losgelassen hatte, fand es die Liebe. Es wurde die große Liebe, die bis in alle Ewigkeit halten sollte.

Nach diesem Lied war es still, so als ob die ganze Natur nachspüren würde. Ich sah dem Vogel nach, wie er davon flog und hinter einem Baum in weiter Ferne am Horizont verschwand. Es schien, als ob auch die Blumen dem Vogel mit einem leichten Seufzer nachschauen würden.

Die Liebe war in jeder einzelnen Pflanze zu fühlen und zu sehen. Jede Zelle in mir empfing sie und es erfüllte mein ganzes Wesen.

Ich schlenderte langsam weiter. Ich wusste nicht, wie lange, aber nach einiger Zeit fiel mir die nächste Stufe ein. „Oops", entfleuchte es mir. Hatte ich die nächste Stufe übersehen? Kommt sie noch? Ich drehte mich um, konnte aber keine Stufe sehen. Ich ging weiter.

Die fünfte Stufe

*„Keiner wird im Leben eine Erfahrung machen,
die nicht für ihn bestimmt war."*

Hazrat Inayat Khan [9]

An einer Kreuzung musste ich mich entscheiden, welchen Weg ich gehen würde. Ich nahm den Weg nach rechts. Nach kurzer Strecke kam die nächste Kreuzung. Ich nahm wieder den Weg nach rechts, um kurze Zeit später wieder auf eine Kreuzung zu treffen. So traf ich auf viele Kreuzungen, an denen ich mich entscheiden musste, welchen Weg ich gehen würde.

Nach einiger Zeit bemerkte ich, dass ich immer denselben Weg gegangen war. An jeder Kreuzung entschied ich mich anders, aber ich kam immer wieder an den Ausgangspunkt zurück.

Wie so oft im Leben wiederholte ich. Ich wiederholte und wiederholte. Immer wieder aufs Neue. Lange Zeit bemerkte ich es nicht, doch dann versuchte ich, mich anders zu entscheiden, um nicht zu wiederholen. Es klappte nicht, denn ich hatte nicht gelernt und wiederholte immer noch.

Ich stand wieder vor der ersten Abzweigung und schloss meine Augen. Ich atmete langsam und tief und wurde immer ruhiger und ruhiger.

Ich sah Bilder, nahm Düfte war und hörte Geräusche. Sie waren aber anders, als ich sie gewöhnt war. Es waren andere Pflanzen, andere Farben und andere Düfte. War es ein Traum oder eine parallele Welt?

Verwirrt stand ich an der Abzweigung und war doch in einer anderen Welt, in der ich mich sogar frei bewegen konnte, in der ich laufen konnte, spielen konnte und vieles mehr. Und doch stand ich an der Abzweigung mit geschlossenen Augen.

Ich sah eine Gruppe von Menschen, die in einem Kreis tanzten. Es wurde getrommelt und Gitarre gespielt. Sie sangen und tanzten sehr fröhlich. Als sie mich sahen, luden sie mich ein, mitzutanzen.

Ich kannte das Lied nicht, stellte mich aber zu ihnen in den Kreis und tanzte und sang mit. Es war für mich ganz leicht, mitzutanzen und mitzusingen, so, als ob ich das Lied schon jahrelang kennen würde.

Es machte sehr viel Spaß. Früher wollte ich weder tanzen noch singen, aber hier war es sehr schön. Wir tanzten verschiedene Tänze. Ab und zu gingen ein paar Menschen in den Kreis und ließen sich betanzen und besingen. Bei einem Tanz spürte ich, dass ich in die Mitte gehen sollte. Ich ging hinein und stand dort alleine. Ich stand im Zentrum und spürte die reine wunderbare Energie, die reine und wunderbare Herzenswärme, die mich durchströmte.

Eine Lichtsäule entstand aus den einzelnen Lichtstrahlen, die aus den Herzen der Tänzer kamen. Die Säule verschwand nach oben und unten im Unendlichen. In dieser wunderbaren Säule stand ich. Ich hatte das Gefühl, zu schweben und langsam wurde ich selber immer mehr zu dieser Lichtsäule, ich verschmolz mit dem Licht. Ich wurde eins mit ihm. In diesem Moment nahm ich wahr, dass die Lichtsäule nicht im Unendlichen nach oben und unten verschwand, sondern sich im Unendlichen berührte, einen Kreis bildete, im Fluss war, im Fluss des Lebens.

Plötzlich machte ich die Augen auf. Hatte ich etwas gehört oder gespürt? Aber es war nichts zu sehen und nichts zu hören. Ich stand immer noch vor dieser Abzweigung. Aber etwas war anders. Es hing ein kleiner Zettel an einem Strauch. Ich nahm ihn und las ihn durch: „Folge deinem Herzen!"

Mein Herz sagte mir, ich solle umdrehen und gehen. Ich drehte mich um und sah einen sehr schönen Weg vor mir. Er erschien mir sehr hell und klar, er schien fast zu leuchten. Ich folgte den Weg, den mein Herz mir zeigte.

Mein Verstand war damit vollkommen einverstanden. Er wusste, dass es der richtige Weg war. Er hatte gelernt, mit dem Herzen zusammen zu arbeiten.

Der Verstand konnte nur die Ereignisse der Vergangenheit interpretieren und aus den bisher Gelernten Rückschlüsse ziehen. Mein Herz konnte neue Wege, für mich vielleicht unbekannte Wege, erschließen und dieses Wissen mit dem Verstand teilen. So hatten sie gelernt, zusammen zu arbeiten. Die Vereinigung von Herz und Verstand führte zu wesentlich besseren Ergebnissen, zu meinem Wohle und zum Wohle aller Beteiligten.

So hatte in diesem Labyrinth mein Verstand mir vorgegeben, immer weiter zu gehen, aber nicht, umzudrehen. Für ihn hätte es bedeutet, zurück zu gehen. Mein Herz zeigte mir einen neuen Weg.

Ich ging diesen Weg weiter und wusste, dass das Labyrinth meine fünfte Stufe war.

An einer Stelle blieb ich stehen, einfach so. Irgendetwas hatte meine Aufmerksamkeit erregt. Ich blickte mich um und sah in den Himmel. Dort sah ich eine kleine Wolke, die wunderschön in ihrer Farbenpracht im Sonnenlicht war. Sie nahm verschiedene Formen an, wie die einer Blume und dann wie ein Schmetterling.

Ich setzte mich neben den Weg auf einen Stein. Er fühlte sich weich und sehr bequem an.

Die Wolke spielte ihr Spiel mit dem Wind und änderte Formen und Farben. Immer wieder waren wunderschöne Farben zu sehen. Sie waren hell, pastellartig und harmonisch verteilt. In der Mitte der Wolke entstand ein Loch, durch das ein Sonnenstrahl bis zur Erde drang. Genau auf ein Gänseblümchen. Es strahlte im Licht und es sonnte sich, so dass seine Farben viel leuchtender wurden.

Das Loch in der Wolke schloss sich wieder und langsam zog die Wolke weiter. Ich wollte zur Blume gehen, sah der Wolke aber noch einige Zeit nach. Nachdem ich aufgestanden war, ging ich mit großen Schritten zur Blume. Sie leuchtete von innen. Daneben stand eine andere Blume, die ich vorher nicht gesehen hatte. Und neben ihr schien sie ein Platz für mich bereitet zu haben, auf den ich mich legen konnte. Das Gras fühlte sich warm und weich an. Ich schloss meine Augen.

An meiner rechten Hand spürte ich ein Streicheln. Ganz sanft, ganz liebevoll. Ich wollte hinschauen, tat es aber doch nicht. Es fühlte sich einfach zu schön an. Ich wurde immer ruhiger und versank immer mehr in mich selber, immer tiefer und tiefer. Ich blieb dabei aber hellwach.

Vor meinem inneren Auge sah ich viele verschiedene Farben und Formen, aus denen sich eine Spirale bildete. Ich tauchte in diese Spirale ein und spürte, wie ich immer mehr Kontakt zur Blume bekam.

Ich sah sie jetzt mit anderen Augen. Ich sah ein Fließen von den Blütenblättern zur Wurzel. An jedem Blattansatz war eine Kreuzung, an der das Fließen verstärkt wurde um weiter zur Wurzel zu strömen. Ein seltsames Gefühl stieg in mir auf. Es schien nicht mein Gefühl zu sein, sondern das Gefühl der Blume. Langsam wurde ich zur Blume.

Meine Sicht änderte sich. Ich sah die Welt jetzt aus Sicht der Blume. Sie sah völlig anders aus, als meine Welt, die ich durch meine Augen wahrnahm. Der Baum sah nicht mehr wie ein Baum aus, sondern er war fließend, wie ein Strom ohne feste Hülle. Ein Fließen von der Wurzel zu den einzelnen Blättern und zurück. An den Blättern sah es so ähnlich aus, wie bei einer Dusche, die sprühte und doch gleichzeitig etwas Neues aufnahm. Sie sprühte Punkte, die wie kleine Wassertropfen aussahen, in denen sich das Sonnenlicht spiegelte. Nur waren es keine Wassertropfen. Es war etwas anderes, viel mehr. Es schwebte auch nicht im Raum, sondern es schien bestimmte Wege zu gehen, sehr zielgerichtet. Vielleicht zu einer Quelle hin. Das, was von den Blättern aufgenommen wurde, kam aus dem gesamten Raum, aus keiner bestimmten Richtung. Es sammelte sich in den Blättern, um durch die gesamte Pflanze zu fließen. Das, was von der Wurzel zu den Blättern floss und dort abgegeben wurde, sah dunkler aus, als das, was von den Blättern aufgenommen wurde und zur Wurzel floss. Ein faszinierendes Schauspiel.

„Wie mag ich wohl aus der Sicht einer Blume aussehen?" fragte ich mich.

Ich sah mich an und erschrak im ersten Moment. Ich sah nun gar nicht mehr so aus, wie ich es von meinem Spiegelbild her kannte. Auch ich sah aus, wie der Baum - nur fließende Bewegungen. In der Lunge war es ähnlich den Blättern im Baum. Ansonsten war der gleiche Kreislauf auch bei mir zu sehen.

Besonders auffällig war mein Herz. Es funktionierte anders als die anderen Organe. Es sah aus, wie eine Spirale, in der es immer tiefer hinein ging. Immer tiefer und tiefer. Ich war neugierig und wollte dort eintauchen. Es zog mich richtig an und ich tauchte in den Strudel ein. Bis zu einem bestimmten Punkt war es mir möglich, doch dann wurde es viel zu hell und auch viel heißer und ich konnte nicht weiter. Wieder zurückgekehrt zur Blume sah ich die Spirale. Etwas traurig war ich schon, dass ich nicht weiter hinein tauchen konnte. Plötzlich wurde es um das Herz dunkler. Die leuchtenden Farben und das helle Licht wurden trüber. Das stimmte mich noch trauriger, wodurch es um das Herz noch trüber wurde.

Hatte die Traurigkeit mein Herz verdunkelt?

Ich versuchte, mich auf ein anderes Gefühl zu konzentrieren und dachte an romantische Stunden mit meiner Frau zusammen. Ich fühlte in mir die tiefe Liebe zu ihr. Mein Herz hellte sich auf und wurde sogar viel heller als vorher. Jetzt lud mich mein Herz ein, noch einmal einzutauchen.

Diesmal konnte ich viel tiefer eintauchen und blieb dann stehen. Ich nahm etwas wahr, das sehr groß war, ich aber nicht beschreiben konnte. Es war unendlich groß, sehr hell und erfüllte mich immer mehr. Es war in direktem Kontakt zu meinem Herzen und schien mit ihm zu kommunizieren. Ich fühlte dort einen regen Austausch auf einer sehr feinen Ebene, wie über ganz feine Silberstreifen mit leuchtend bunten Farben. Mit Regenbogenfarben.

Mir lief eine Gänsehaut über meinen ganzen Körper.

„Der Regenbogen", rief ich.

Voller innerer Liebe betrachtete ich das Schauspiel. Es schien voller Weisheit zu sein, voller Wahrheit. War dort der Anschluss an den großen Plan, an die Urquelle? Ich versuchte etwas mehr hinzuspüren. Aber ich war zu aufgeregt, als dass ich die kleinen und feinen Nuancen mitbekommen konnte. Es blieb ein Schauspiel wunderbarer Farben.

Noch nie zuvor hatte ich so etwas gesehen. Meine Augen hatten mir immer eine andere Welt gezeigt, die ich wunderschön fand. Diese kleine Blume aber hatte mir eine ganz neue Dimension offenbart. Etwas, was ich mir so nicht vorgestellt hatte. So unendlich schön.

Ich begriff langsam das Wunderbare der Natur. Jedes Wesen der Natur hatte seine eigene Sichtweise, so wie auch jeder Mensch seine ganz eigene Sichtweise hatte.

Langsam zog ich mich aus der Blume in meinen Körper zurück. Ich sah die Blume mit ihren fließenden Strömungen an, die langsam verblassten und wieder zu der Blume wurden, die ich mit meinen Augen sehen konnte.

Als ich meine Augen öffnete, sah ich die Blume in ihrer ganzen Pracht, wie sie von der Sonne angestrahlt wurde und sie ins Licht erhob. Ein Wunder der Natur.

Ich stand mit völlig neuen Eindrücken auf und ging langsam, ganz langsam weiter.

Die sechste Stufe

„Hier ist mein Geheimnis. Es ist ganz einfach:
man sieht nur mit dem Herzen gut. Das Wesent-
liche ist für die Augen unsichtbar.“

Antoine de Saint - Exupéry [10]

Auf meinem weiteren Weg zu dem Tempel erreichte ich einen steinigen Weg. Es lagen viele
Steine auf dem Weg. „Auch aus Steinen, die einem in
den Weg gelegt werden, kann man etwas schönes bau-
en“, hatte Johann Wolfgang von Goethe [11] gesagt.

Ich blieb stehen, weil mir ein Stein besonders auffiel.
Er glänzte im Sonnenschein. Er war glatt und durch-
sichtig, wie ein Bergkristall, aber mit leicht rauchiger
Tönung. Im Innern waren viele dunkle Einschlüsse.
Im Sonnenlicht glänzten sie wie Sterne, Sternschnup-
pen und Kometen, einer schöner als der andere. Ich
nahm den Stein in die Hand.

Es war ein so genannter Storyteller, ein Stein, der Geschichten erzählte. Nachdem ich mich auf den Boden
setzte, hielt ich den Stein ganz liebevoll und sanft an
meine Stirn und er begann zu erzählen:

„Du bist oft traurig, du kannst deine Freude oft nicht leben. Doch tief in dir ist eine wunderbare Liebe und Fröhlichkeit. Aber du gestattest dir nicht, diese Liebe und Fröhlichkeit so richtig von innen heraus zu leben."

Mir liefen die Tränen über die Wangen, denn der Stein hatte Recht. Er berührte mich sehr, sehr tief im Innern, denn sie war da, die Fröhlichkeit und Leichtigkeit. Ich hörte ihm weiter zu.

„Ich werde dir helfen, deine Liebe und Fröhlichkeit zu leben. Du brauchst mir nur zuzuhören."

Ich saß da und konnte an nichts denken. Ich war einfach da und fühlte tief in mir die Freude, die auch gerne nach außen gebracht werden wollte, aber noch nicht konnte.

„Auch wenn du diese Geschichte nicht glaubst, die ich dir erzähle, höre mir einfach zu und nimm es dann einfach als eine fantastische Geschichte."

Der Stein begann zu erzählen.

„Es könnte dein Leben gewesen sein, vielleicht aber auch nicht. Das spielt keine Rolle.

Eine Frau wurde geboren. Sie war Heilerin und sie lebte nach ihrem Herzen. Sie half anderen Menschen, ihr Leben selbst in die Hand zu nehmen. Das missfiel einigen Leuten so sehr, dass sie diese Frau als Hexe verbrannten.

Ein Mann wurde geboren. Er war Arzt und er lebt nach seinem Herzen. Er half anderen Menschen, nach ihrem Herzen zu leben und ihr Leben selbst in die Hand zu nehmen. Das missfiel einigen Leuten. Der Mann wurde hingerichtet.

Eine Frau wurde geboren. Sie war Priesterin und sie lebte nach ihrem Herzen. Sie half anderen Menschen, nach ihrem Herzen zu leben und ihr Leben selbst in die Hand zu nehmen. Das missfiel einigen Leuten und sie wurde auf eine einsame Insel verbannt, auf der sie einsam und verlassen starb.

So ging es viele, viele Male. Jedes Mal wurde ein Mensch hingerichtet, verbannt oder eingesperrt, als er anderen Menschen half, nach ihren Herzen zu leben. Das hatte den Menschen, die an der Macht waren, Angst gemacht. Deshalb hatten sie diese drastischen Maßnahmen ergriffen.

Das Muster des gewaltsamen Endes so vieler Inkarnationen prägte sich mehr und mehr in das Leben dieses Wesens ein. Es hatte sich schon fast verselbstständigt und wurde von diesem Wesen als fast dem Leben zugehörig angesehen.

Glaube es oder glaube es nicht. Es ist Vergangenheit. Das ist nicht mehr gültig. Es ist eine neue Zeit an-

gebrochen, eine Zeit, die den Menschen ihren Her-
zensweg eröffnet. Das Herz ist zurück, der Weg des
Herzens ist zurück.

Deine Angst, die dich daran hindert, deine Liebe und
Freude zu leben, hat keine Grundlage mehr. Sie hatte
sich verselbstständigt. Jetzt kann sie aufgelöst werden.
Du kannst sie jetzt loslassen, es die richtige Zeit dafür.

Es stellt sich für dich ein neues Leben ein. Ein Leben
in Liebe, Freude und Fröhlichkeit. Zeitweise hast du
schon so gelebt. Du hast deinen alten Kreislauf verlassen um deinen neuen Weg des Herzens zu gehen. Du
bist bereit, für dein neues Leben.

Du wirst dazu die Unterstützung bekommen, die du
brauchst. Du bekommst das Umfeld, das du benötigst.
Du bist auf dem Weg.‘‘

Ich hörte, was der Stein sagte. Ich hörte es, aber be-
greifen konnte ich es nicht so richtig. Innerlich war
mir klar, was der Stein sagte, aber mein Verstand zwei-
felte. War ich diese Menschen gewesen, deren Leben
so tragisch endeten? War ich dieses Wesen?

Ich sah mir den Stein an. Er schien zu lächeln. Er lächelte so liebevoll, dass ich nicht widerstehen konnte
und auch lächelte. Langsam fühlte ich, was er meinte
und meine Freude kam zurück.

„Ich bin immer bei dir, um dich zu unterstützen und dir zu helfen. Ich bin immer bei dir, auch wenn du mich physisch nicht sehen und fühlen kannst. Ich bin so lange bei dir, wie du es möchtest, wie du es brauchst."

Er fühlte sich warm und jetzt sogar weich an. Ganz vorsichtig legte ich den Stein an seinen Platz zurück. Er fügte sich wieder wunderbar ein und glänzte im Sonnenlicht.

Voller Dankbarkeit stand ich auf. Ich hatte das Gefühl, dass dieser Stein noch viele Geschichten zu erzählen hatte. Aber es war jetzt nicht der richtige Zeitpunkt dafür. Das spürte ich genau. Ich stand einfach da und sah mir den Weg an.

Der Weg war voller weiterer Steine, sie waren klein, groß, flach, hell und dunkel. Hatte jeder dieser Steine eine Geschichte bereit? Sollte ich auf diesem Weg alle Steine aufnehmen und an meine Stirn halten? Alle Steine? Es waren bestimmt mehrere tausend Steine. Es würde eine halbe Ewigkeit dauern. So hatte ich mir den Weg nicht vorgestellt. Ich hatte mir nicht vorgestellt, hier jahrelang den Steinen zu lauschen.

Es kam ein Gefühl der Machtlosigkeit in mir hoch, ein Gefühl der Aussichtslosigkeit. Und das wollte ich nicht! Dazu hatte ich keine Lust! „Was soll das eigentlich hier mit diesen Steinen?" fragte ich laut und deutlich.

Aber was hatte ich mir denn dann vorgestellt? Wie sollte dieser Weg aussehen, wie sollte diese Stufe aussehen? Ich wusste es nicht. Eigentlich wollte ich nicht wahllos irgendeinen Stein nehmen, nahm aber trotzdem einen.

„Wie fühlst Du Dich?" fragte der Stein.
„Ich fühle mich unwohl und ich mag nicht mehr. Wie soll das hier weiter gehen?"
„Du fängst an, zu kämpfen. Mit dem Kämpfen verstärkst Du das, was Du nicht willst. Du erhöhst den Druck und das Gegenstück muss ganz automatisch auch den Druck erhöhen. Und somit verstärkst Du es."

„Das kann ich mir vorstellen", stimmte ich zu.

Recht hatte der Stein. Ich fing an zu kämpfen. Und das war genau das, was ich in den letzten Jahren immer wieder gemacht hatte und daher oft das bekam, was ich nicht wollte. Aber ich wollte es ändern. Also blieb ich stehen und atmete tief durch. Ich atmete viele Male. So lange, bis sich meine Stimmung wieder aufhellte, bis ich so weit war, dass ich weiter gehen konnte.

Es dauerte einige Zeit, bis ich mich komplett beruhigt hatte und anfing, systematisch vorzugehen.

Vielleicht gab es ein Muster, einen Hinweis auf den nächsten Stein oder die nächsten Steine. Ich blickte mich um, sah aber keine Hinweise.

„Folge deinem Herzen", hörte ich laut und deutlich. Ich sah mich um, konnte aber niemanden sehen. War es mein Herz, das so deutlich zu mir sprach? Wie konnte ich unterscheiden, ob es mein Herz war oder doch nur ein Gedanke?

„Du spürst es", da war wieder die Stimme. „Du wirst es im Körper fühlen, du wirst es in deinen Emotionen und Gedanken fühlen, du wirst es in deinem ganzen Wesen fühlen. Das Herz ist jenseits der Beurteilung und der Verurteilung. Für das Herz gibt es weder ein Richtig noch ein Falsch. Für das Herz gilt einfach: es ist. Es schaut nicht danach, was sein sollte oder wie es sein sollte. Das Wort der Ureinwohner Amerikas dafür ist Shante Istha, das eine Auge des Herzens."

Ich würde es spüren, hatte die Stimme gesagt. Langsam lief ich weiter und versuchte zu spüren.

„Nicht dabei denken", hörte ich die Stimme.

Tatsächlich, ich hatte gedacht! Ich atmete tief durch und lief langsam weiter. Während ich weiter lief schloss ich meine Augen. Ich spürte, wenn ein Stein vor meinen Füßen lag und konnte, ohne ihn zu berühren, darüber hinwegsteigen.

An einem Stein blieb ich hängen, genauer gesagt, ich stieß ihn an. Ganz leicht mit dem rechten Fuß. Ich öffnete meine Augen und sah ihn an. Er war viel heller als die anderen Steine. Als ich ihn in die Hand nahm, fühlte er sich doch recht schwer an. Schwerer, als ich gedacht hatte. Ich tastete ihn mit beiden Händen ab. Ich spürte jede einzelne Ecke und Kante, die Rundungen. Er hatte nur wenige Ecken und Kanten. Deshalb konnte ich sie auch so deutlich fühlen.

Ich hielt den Stein an meine Stirn. So konnte er direkt zu mir sprechen, mich vielleicht an etwas erinnern.

Ich sah eine Tüte Rosinen. „Rosinen?" fragte ich mich. „Ja, klar, Rosinen", fiel mir wieder ein. Und dass mein Vater zu unserem damaligen Nachbarn über mich sagte: „Er hat noch Rosinen im Kopf."

Das war schon sehr lange her. Er hatte es damals gesagt, als ich meinen Eltern erzählte, dass ich studieren wolle. Ich wollte Diplomingenieur werden. Er hatte nicht daran geglaubt.

Das Studium war mein Ziel gewesen und ich hatte diesen Weg eingeschlagen. Ich wurde dabei von meinen Eltern unterstützt, so gut sie es konnten. Mit der Studienförderung kam ich ganz gut zurecht und in den Semesterferien durfte ich bei ihnen wohnen und brauchte auch kein Kostgeld abgeben. Ich hatte mir aber auch einen Studienort ausgesucht, der weit von meinem Elternhaus entfernt lag. Ich wollte mich von ihnen lösen.

Einige Jahre später hatte ich erfolgreich das Studium beendet.

Als ich die Geschichte viele Jahre später einer Freundin erzählte, schenkte sie mir eine Tüte Pistazien. Sie wollte mir eigentlich Rosinen schenken, konnte aber keine Tüte finden und kaufte deshalb Pistazien. Sie schrieb ganz liebevoll Rosinen auf die Tüte. Ich hatte mich riesig über die ‚Rosinen' gefreut. Sie meinte noch, ich solle alle meine Rosinen im Kopf bewahren und umsetzen. Danke schön, liebe Freundin.

Ich legte den Stein wieder zurück an seinen Platz, schloss meine Augen und ging weiter.

Nach wenigen Schritten blieb ich stehen. Ich öffnete die Augen und sah einen ganz kleinen Stein. Ich nahm ihn in die Hand, streichelte ihn, hielt ihn ganz vorsichtig an meine Stirn und schloss meine Augen.

„Die Steine, die dir in den Weg gelegt wurden, sind deine Gedanken, Glaubenssätze und Muster. Du hast sie selber kreiert und nur du selber kannst sie auflösen. Du brauchst keinen einzigen dieser Steine. Du denkst nur, dass du sie brauchst. Du kannst sie dir ansehen, du kannst sie behalten oder auch auflösen. Das liegt an dir. Es liegt auch an dir, wie viele Steine vor dir liegen."

„Hmmm", sagte ich und legte den Stein zurück an seinen Platz.

Und er erzählte noch weiter.

„Bei manchen Steinen, bei manchen Eindrücken, ist es gut, sie zu erkennen und aufzulösen. Dabei kannst du es selbst in die Hand nehmen oder es wird dir dabei ein Mensch helfen. Es gibt viele Menschen, die dir dabei helfen, Muster zu erkennen und aufzulösen. Sie sind dein Spiegel. Sie zeigen dir deine Muster, die du noch hast. Wenn sie dir gefallen, kannst du sie behalten, wenn sie dir nicht gefallen, löse sie auf. Ändere dich. Versuche nicht, die anderen Menschen zu ändern. Das geht nicht, denn sie sind nur dein Spiegel. Es funktioniert genau so wenig, als wenn du morgens das Gesicht dir gegenüber im Spiegel rasieren willst und du ihm die Zähne putzen möchtest. Rasieren kannst du dich nur selber. Das Ergebnis kannst du dann im Spiegel sehen.

Es gibt auch Muster, die du dir selber auferlegst, damit du bestimmte Dinge nicht zu tun brauchst. Beliebte Muster sind: ‚Das kann ich sowieso nicht' oder ‚Das lerne ich nie'. Davon gibt es sehr viele.

Sie präsentieren dir Wiederholungen, bis du eines Tages gelernt hast und neue Wege gehst.

Achte immer auf deine Gedanken. Gedankenhygiene ist genau so wichtig wie Körperhygiene. Je reiner deine

Gedanken sind, desto reiner und klarer wird dein Weltbild sein, wird dein Leben sein. Und so werden es dir auch deine Spiegelbilder zeigen.

Du erinnerst dich sicher an die Bilder von Masuro Emoto, der Wasserkristalle von unterschiedlichen Emotionen aufgenommen hatte. So werden sich deine Gedanken und Emotionen auch auf deinen Körper auswirken.

Richte dich auf das aus, was du möchtest. Richte dich mit allem danach aus, was du hast, mit deinen Gedanken, mit deinen Gefühlen, mit deinen inneren Bildern, mit deinen Visionen und deinen Träumen. Dann wird es eintreffen."

Es steckte so viel Weisheit in diesem kleinen Stein. Ich erinnerte mich sehr gut an die Bilder von Emoto. Ich fand sie sehr beeindruckend. Aber woher konnte er das alles nur wissen? Ein kleiner Stein?

„Hoppla", sagte ich. „Klar kann er das wissen, ich bin doch auf dem Weg zu meinem Tempel und das ist schließlich mein Stein!" Ich ging ein paar Schritte weiter und blieb plötzlich stehen.

Was wollte ich? Ich wollte zu diesem Tempel. Aber was wollte ich dort? Warum gerade jetzt, zu dieser Zeit? Und wieder kamen Zweifel, ob es richtig wäre, zu dem Tempel zu gehen. War es der richtige Zeitpunkt? War ich es wert, dahin zu gehen, denn andere waren doch viel weiter als ich. „Aber was heißt: Bin ich es wert?" fragte ich mich.

Der kleine Stein meldete sich wieder: „'Bin ich es wert' ist eine Wertung. Eine Wertung ist besonders beliebt bei euch Menschen. Ihr teilt alles ein in *Gut und Böse*, in *ich bin soweit* und *ich bin noch nicht so weit*. Nach welchem Maßstab bewertet ihr das? Und noch besser gefragt: Aus welchem Blickwinkel bewertet ihr?

Ist es nicht so, dass ihr in verschiedenen Ländern auch verschiedene Gesetze habt? Was in dem einen Land gesetzmäßig als Recht gilt, kann in einem anderen Land als Unrecht gelten. Es ist abhängig von einem Stück Papier, das ihr selbst geschrieben habt. Ändert sich die Regierung, dann ändern sich Gesetze, dann kann aus Recht plötzlich Unrecht werden.

Zugegeben, in Gemeinschaften muss es Regeln geben. Aber alles lässt sich nicht auf diese Art und Weise regeln. Habt ihr dort auch den Weg des Herzens oder die Sichtweise der Urkraft mit eingeschlossen?

Es gibt viele Regeln bei Euch. Es ist aber für jeden wichtig, diese Regeln auch zu hinterfragen und in sein Herz zu spüren, ob diese Regeln dem Herzen entsprechen.

'Bin ich es wert?' ist genau so eine Regel. Bin ich es wert, von dir beachtet zu werden oder werde ich von dir einfach liegen gelassen?", fragte der kleine Stein.

Das traf mich. ‚Bin ich es wert' war ganz klar eine Bewertung. Wovon hatte ich das eigentlich abhängig gemacht?

„Wenn dein Herz sagt, du sollst den Weg gehen, dann ist es auch in Ordnung. Denn die Herzensentscheidung wird niemals anderen oder dir selber Schaden zufügen, sondern immer dem Wohle aller dienen.

Es war eine Entscheidung deines Herzens, diesen Weg zu gehen. Deine Herzensentscheidung. Nur dein Verstand fragt, was das denn soll. Der Verstand entscheidet aus dem Gelernten, aus der Vergangenheit. Für den zukünftigen Weg ist immer das Herz zuständig", endete der Stein.

Aus dem kleinen Büchlein ‚der kleine Prinz' fiel mir der Satz ein ‚man sieht nur mit dem Herzen gut, das Wesentliche ist für die Augen unsichtbar'. Ein kleines Buch voller Weisheiten.

Mir war klar, dass ich weiter gehen würde. Meinen Weg zum Tempel. Ich ging direkt auf den nächsten Stein zu. Er war fast faustgroß und relativ schwer. Auch ihn legte ich vorsichtig an meine Stirn.

Ich hörte nichts. Ich sah ein Bild. Es waren zwei Menschen, die sich verbanden, indem sie sich gegenüber stellten und sich Handfläche an Handfläche berührten. Es waren meine Frau und ich, als wir uns nach dem Besuch in der Unas Pyramide in Ägypten wieder verbanden. Ich sah, wie wir uns im Kreis bewegten. Immer schneller und schneller. Es sah aus, wie ein Donut. Er bekam Regenbogenfarben und es stiegen zwei Engel aus ihm empor, um auf dem Regenbogen zu tanzen. Wir beide waren die Engel.

Es fühlte sich so erhebend an, dass ich die tiefe innere Freude in mir spürte und ich fast lachen musste. Wir tanzten eine Weile, bis wir uns wieder langsamer drehten und zum Stillstand kamen. Danach umarmten wir uns ganz innig und liebevoll, voller Herzensliebe.

Als ich die Augen öffnete und den Stein vorsichtig zurücklegte, schien es so, als ob er in den Farben des Regenbogens schimmerte. Ich spürte die Herzensliebe in mir. Sie breitete sich vom Herzen über die Brust, den Bauch und den ganzen Körper aus. Ich fühlte ein wunderbares Kribbeln.

Ich erinnerte mich wieder an die Unas Pyramide, als wir dort in einer Gruppe meditierten und uns auch in gleicher Weise verbunden hatten. Mit jedem aus dieser Gruppe hatte ich ein anderes Erlebnis. Für manche hatte ich eine Botschaft und manche hatten für mich eine Botschaft. Es war wunderbar, ganz allein mit dieser Gruppe in einer Pyramide zu meditieren, uns Zeit für uns zu nehmen. Im Dunkeln, alleine und doch zusammen. Ein ganz besonderes Erlebnis.

Dieser Stein hatte mich wieder daran erinnert, dass wir uns dort getroffen hatten, um die Liebe in die Welt zu tragen. Ich spürte die tiefe Verbundenheit mit der Gruppe, mit meinem Herzen und meiner Seele. Ganz tief in mir und außerhalb von mir in tiefer Verbundenheit mit dem Leben.

Wieder schloss ich meine Augen und ging weiter. Ich hatte das Gefühl, dass ich einfach weiterlaufen konnte, ohne auf die Steine achten zu müssen. Ich öffnete meine Augen.

Die Steine, die noch vor mir lagen, verblassten langsam. Es schien, als lösten sie sich auf. Ich drehte mich um. Und auch dort waren keine Steine mehr zu sehen. Unbeschwert konnte ich weiter gehen, weiter zur nächsten Stufe.

Die Steine hatten meine eigenen Ängste und Sorgen, meine Wünsche und Bedürfnisse, meine inneren Fragen und Glaubensmuster ans Tageslicht gebracht und konnten auf diese Weise gelöst werden.

Die siebte Stufe

„Zentriere dich in deinem Herzen. Nehme dir die
Zeit, dich in deiner Ganzheit zu fühlen, als den
Körper des Universums, der das Bewusstsein be-
kommt, dass nur der Eine existiert. Lass die Situ-
ationen deines Lebens Revue passieren.
Atme und fühle:
Wo fühlst du dich unterstützt, wo nicht?“

Neil Douglas-Klotz [12]

Ich freute mich schon auf die siebte Stufe. Ich sah
sie bereits aus einiger Entfernung und lief etwas
schneller. Ich konnte es kaum erwarten, mich auf diese
Stufe zu stellen.

Sie enthielt feine Schnitzereien. Als ich mich bückte,
konnte ich einige der Schnitzereien erkennen. Eine
davon stellte meine Familie dar, mit der ich aufge-
wachsen war, meine Eltern und meine Brüder. Aber
das Bild stimmte mich traurig. Gerne hätte ich mich
mit ihnen zusammengesetzt und Kaffee oder Tee getrunken und mich mit ihnen über die Vergangenheit,
unsere Kindheit, das Wetter, wie es uns ging und so
weiter, unterhalten. Aber es war nicht mehr möglich.
Mein älterer Bruder und mein Vater waren schon ver-
storben. Mein jüngerer Bruder war alkoholkrank und

ich hatte schon lange Zeit keinen Kontakt mehr zu ihm. Meine Mutter war dement in einem Pflegeheim. Es war keiner mehr da, mit dem ich mich hätte unterhalten können. Ich wurde sehr traurig und ich beneidete andere Menschen, die noch ihre Familie hatten.

Plötzlich fing das Bild an, sich zu bewegen. Die Figuren lebten! Kaum sahen sie mich, luden sie mich ein. Ehe ich mich versah, war ich in dem Bild, in dem Geschehen. Mittendrin. Ich konnte meine Mutter in den Arm nehmen, genau so wie meinen Vater und meine beiden Brüder. Wir setzten uns an einen wunderbar gedeckten Tisch, aßen Kuchen und tranken Kaffee. Wir plauderten über uns, über die Welt und über das Wetter. Wir konnten über unsere Gefühle sprechen, über das, was uns im Innersten bewegte. Ich konnte über meine Gefühle reden, die ich als Kind hatte, sie mit meiner Familie besprechen. Es gab viele Ideen und Ansätze dazu, die mir weiter halfen, meine Kindheit zu verstehen.

So hatte jeder von sich gesprochen und wir waren dabei locker und fröhlich, aber auch tiefgründig. Es erfüllte mich tief im Innern, dass wir nach so langer Zeit alle wieder zusammen sein konnten. Meine Familie war doch noch da.

Neben mir lag auf dem Tisch der Amethyst, den ich dem Jungen gegeben hatte. Ich nahm ihn in die Hand und fühlte seine Wärme und Weisheit. Es tat mir gut, diesen Stein zu streicheln und zu fühlen. Er war so wunderbar angenehm auf der Haut. Ich lächelte.

Fröhlich und glücklich kam ich aus dem Bild heraus. Es war schön, sie wieder gesehen zu haben und mich mit ihnen auszutauschen. Ich wusste, dass ich jeder Zeit wieder zurückkehren konnte. Immer wenn ich traurig war, konnte ich an einen Platz gehen, der mich tröstete. Jederzeit.

Es war ein so schönes Gefühl, dass ich vor Freude Luftsprünge machte.

„Wissenschaftlich ist schon lange bewiesen", merkwürdig, was das jetzt für ein Gedanke war. Ich ließ ihn weiter zu: „Wissenschaftlich ist schon lange bewiesen, dass es für das Unterbewusstsein egal ist, ob Erfahrungen direkt erlebt werden oder ob sie durch Filme, durch Spiele oder über Meditationen erfahren werden. Es werden dabei die gleichen Regionen im Gehirn angesprochen. Auch im Hippocampus, dem Zentrum des Lernens, werden Informationen gespeichert, um sie nachts an das Langzeitgedächtnis weiter zu geben. Dabei kann es auch zu Vermischungen mit anderen Erlebnissen kommen, die nicht mit dem Gelernten oder dem erlebten Ereignis zusammen hängen und vielleicht zeitlich viel früher stattgefunden haben …".

Ich unterbrach meine Gedanken. Ich war nun wirklich nicht auf diesem Weg um wissenschaftlichen Erläuterungen nachzugehen!

Ich blickte erneut auf die Stufe und sah jetzt, wie ich bei der Tanzausbildung den Tanz Kalama anleitete. Ich war bei dem Tanz sehr nervös und unsicher. Und so hatte ich den Tanz auch angeleitet und er ging, wie heißt es so schön, vollends in die Hose. Zwar hatte ich ihn nach dem Tanzmanual angeleitet, die Schritte, der Text und die Melodie waren richtig, aber ich war immer nur im Kopf geblieben und hatte ihn nicht vom Herzen aus angeleitet. Später beim Feedback wurde es mir auch sehr deutlich von meiner Mentorin gesagt. Mir standen dabei die Tränen in den Augen aber ich spürte auch, dass sich etwas lösen würde. Kurz danach legte ich mich in meinem Zimmer aufs Bett und heulte mich frei.

In mir war dadurch ein Knoten gelöst worden, der immer alles mit dem Kopf und sofort durchsetzen wollte, ein Ich-Muss-Jetzt-Knoten. In dem Moment war es sehr schmerzhaft, aber auch sehr befreiend. Es hatte sich der Knoten gelöst, der sich im Laufe der Jahre immer fester gezogen hatte. Mit einem Ruck war er gelöst, mein ganz persönlicher Gordischer Konten und ich war befreit. Vielen, vielen Dank liebe Mentorin.

In dieser Stufe konnte ich die Szenen als Beobachter sehen. Ich sah, wie der Knoten sich in mir immer fester zog, zu vibrieren begann, bis er brach. Er explodierte förmlich. Es war ein Knoten der alten Strukturen und Glaubenssätze, der alten Muster, die mich auf meinem Weg zurück hielten. Er war gebrochen in viele kleine Einzelteile, die sich langsam auflösten in der warmen und liebevollen Umgebung der Tänze. Der sanfte innere Kern wurde frei gelegt und konnte sich jetzt weiter ausdehnen. Er wollte es schon seit langer Zeit, aber der Knoten war zu fest. Der Kern konnte es nicht alleine schaffen und deshalb hatte er meine Mentorin zur Hilfe geholt. Ich war sozusagen frei getanzt.

Jedes Mal, wenn ich an diesen Tanz zurück dachte, spürte ich zwar noch ein wenig die Anspannung aber immer mehr die wunderbare Befreiung. Es ist so schön, diese Befreiung zu fühlen. Ab diesem Zeitpunkt machte die Tanzausbildung sehr viel mehr Spaß und ich konnte mich frei tanzen, mich gelöst und neugierig den Tänzen und auch dem Leben hingeben.

Ich atmete tief durch, wie ich es auf diesem Weg schon so oft gemacht hatte. Es befreite mich jedes Mal ein wenig mehr und beruhigte mich.

Die frische Luft tat mir gut. Ich setzte mich auf die Stufe und fühlte die Wärme und den Halt, den sie mir gab. Sie unterstützte mich auf meinen Weg. Ich griff in meine Hosentasche, nahm mit leicht zittrigen Fingern ein Taschentuch heraus und putzte mir die Nase. Die Freude über die Befreiung war groß.

So saß ich eine ganze Weile auf dieser Stufe und genoss die Wärme, den Halt und das Vertrauen.

Ich wusste, dass alles, was in meinem Leben geschah, was sich ereignete, mich dahin gebracht hatte, wo ich gerade war, nämlich auf dieser Stufe.

Ich blickte auf die Stufe und stellte mich hin. Ich sah sie an, aber es war kein Bild mehr zu sehen. Sie sah aus, wie eine ganz normale Stufe, die betreten wird, um die nächste Stufe zu erreichen.

Große Dankbarkeit stieg in mir auf. Dankbarkeit für ein Ja! zu meinem Leben.

Den Kalama summend ging ich den Weg weiter. Es machte mir nichts aus, dass der Weg lang war. Es machte mir Spaß, ihn zu gehen.

Die achte Stufe

"Aus Dir kommt der allwirksame Wille, die lebendige Kraft zu handeln, das Lied, das alles verschönert und sich von Zeitalter zu Zeitalter erneuert."

Neil Douglas-Klotz [13]

Die achte Stufe würde die letzte Stufe zum Tempel sein. Die Stufe der Dankbarkeit. Dankbarkeit für die Menschen, die mir gezeigt hatte, wie ich nicht leben wollte, Dankbarkeit für die Menschen, die mir gezeigt hatten, wie ich leben wollte und Dankbarkeit für die Menschen, die mir gezeigt hatten, das eine von dem anderen zu unterscheiden und die mir gezeigt hatten, wie ich mich ausrichten kann.

Einige dieser liebevollen Menschen waren meine Navigatoren. Sie hatten mich in meine Richtung gelenkt, manchmal auch geschubst und sogar, glücklicherweise sehr selten, getreten.

Ich ging auf dieser achten Stufe mit leichten Schritten, so als ob ich auf Wolken ging. Ganz leicht, ganz sanft, wie ein Engel in den Wolken wohl gehen mag. Es war ein Gefühl wie in Trance. Aber ich war hellwach, spürte jeden einzelnen Schritt, fühlte die Liebe dieser Stufe, hörte die Vögel zwitschern, spürte den Schmetterling, der sich auf meinen linken Handrücken setzte, nahm den Duft der Blumen und der frischen Luft wahr und war erfüllt von den schönen, kräftigen und bunten Farben. Es war herrlich.

Ich lief auf einen kleinen Wasserfall zu. Er war so groß, dass ich mich darunter stellen konnte. Ich zog mich aus und duschte. Das Wasser war klar und warm. Es floss ganz sanft über meinen Kopf, meinen Körper hinunter, die Beine entlang in einen kleinen Bach. Es nahm alle alten Muster, Gedanken und Glaubenssätze mit, die noch an mir hafteten. Ich schüttelte sie ab und im Bach lösten sie sich auf. Was als dunkle Farbe in den Bach tropfte, wandelte sich in eine wunderbar leuchtende Farbe um, die sich dann langsam im klaren Wasser auflöste.

Ich stand unter dem Wasserfall und genoss das Gefühl, ohne zu denken. Ich hörte das Plätschern. Manchmal lief ein Tropfen in meinen Mund, dessen Frische ich schmecken durfte. Es schmeckte klar und rein, leicht süßlich und voller Liebe. Ich nahm einen größeren Schluck und er breitete sich in meinem Mund aus, um die Zähne und um die Zunge herum, um dann von mir getrunken zu werden.

Ich fühlte die Verdunstungskühle und gleichzeitig die Wärme des Wassers.

Viele schöne Lieder gingen durch meinen Kopf. Die meisten von den Tänzen, wie der Kalama, Abwun, Estaferallah, der Ya Jamil Zikr und die vielen anderen Tänze. Leicht wog ich mich im Rhythmus der Melodien, die wir so tief greifend getanzt und gesungen hatten. Ich spürte jede einzelne Note in meinen Zellen. Sie jubelten vor Freude und Liebe. Sie reinigten mich. Ich würde vollkommen gereinigt, in den Tempel kommen, nach Hause.

Ich genoss die Dusche noch eine Weile. Dann hatte ich genug und ich stellte mich neben den Wasserfall in die Sonne. Sie wärmte und trocknete mich. Ich spürte jeden einzelnen Tropfen, der an mir herunter lief und durch die Sonne verdunstete. Ich war im Hier und Jetzt angekommen.

Ich zog mich wieder an und war bereit für den Tempel.

Der Tempel

*„Geheilt sind jene, die den Mut und die Kühnheit
haben, sich innerlich reich zu fühlen; sie werden
den Reichtum des Lebens in höchstem Maße
schauen."*

Neil Douglas-Klotz [14]

Der Weg zum Tempel war sehr schön. Es waren
viele Blumen und Schmetterlinge, Bäume und
Vögel zu sehen. Das Zwitschern war wie eine wunderbare Symphonie, die mich auf meinen Weg begleitete. Ich wusste, ich bin auf dem richtigen Weg. Ich
wusste es von Herzen. Dabei dachte ich nicht, ich ging
einfach. Der Weg war so schön, das Sonnenlicht spielte mit den Schatten der Bäume und Blumen, wie sie
sich im leichten Wind wogen.

Mit jedem Schritt kam ich dem Tempel näher, bis ich
vor ihm stand. Er war so unbeschreiblich schön. Ein
Tempel, der aus Edelsteinen zu bestehen schien. Er
glänzte und leuchtete in vielen verschiedenen Farben.
Sowohl kräftige Farben, wie auch leichte Pastelltöne.
Eine Symphonie des gesamten Spektrums des Lichtes.
Hier das kräftige dunkle Rot und dort das helle frische
Türkis und an anderer Stelle der Glanz eines Smarag-
des.

Er hatte viele große Fenster, die das Licht hinein ließen. Einer Epoche ließ er sich nicht zuordnen, keiner
Religion und keinem Land. Er verband auf wunder-
same Weise alle und wurde zu einer ganz neuen Stil-
richtung, die zwischen Realität und Fabel angesiedelt
schien. Er sprach mich innerlich an, er war mein Tempel.

Die Tür lud mich ein, hinein zu gehen.

Ich tat den ersten Schritt in den Tempel. Als ich in
ihm stand, schloss sich die Tür von selbst, langsam
und ganz leise. Ich fühlte die Geborgenheit dieses
Tempels.

Es war sehr hell im Tempel und in der Mitte stand ein
goldener Altar. Die Wände waren mit Bildern ge-
schmückt, die meinen Lebensweg zeigten. Ich sah, wie
ich durch mein Leben ging, was in mir vorging. Aber
ich sah es aus einer anderen Perspektive. Von weiter
weg, mit großem Abstand, von einem Zuschauerplatz
aus. Aber gleichzeitig war ich auch in den Szenen. Jeden Augenblick dieser Phasen konnte ich selber steu-
ern. Ich war auch der Regisseur, konnte sogar die Szenen der Vergangenheit verändern.

Es fühlte sich schon komisch an, gleichzeitig Zuschauer, Regisseur und Schauspieler zu sein.

Mein Blick fiel auf die Decke. Dort waren wunderbare
Malereien. Auch sie ließen sich keiner Epoche zuord-

nen, außer vielleicht meiner. Viele bunte Blumen mit so wunderbaren Farben, deren Duft ich wahrnahm. Das gesamte Bild stellte eine Blumenwiese dar, mit einem Baum, strahlend blauem Himmel und der hellen Sonne.

Dieses Bild hatte ich früher schon einmal gesehen, als es um meinen Arbeitsplatz ging! Die Symbiose aus Farben und Formen war so harmonisch, so beruhigend und so voller Weisheit, dass sie durchaus meine Seele darstellen konnte. War es wirklich ein Bildnis meiner Seele?

Der Altar

„Friede braucht die Achtung der Religionsfreiheit. "

Francis Kardinal Arinze [15]

Ich ging auf den Altar zu. Es lagen dort mehrere heilige Bücher der verschiedenen Religionen. Ich sah Bücher vom Christentum, Buddhismus, Hinduismus, Islam, Judentum, Konfuzianismus, der Urvölker, der Aborigines, der Indianer aus Amerika, der Maoris und so weiter. Es nahm kein Ende. Der Altar war zwar nicht sehr lang, schien aber doch endlos zu sein. Es passten alle Bücher darauf.

In den Tänzen hatten wir auch Zeremonien zu Ehren verschiedener Religionen durchgeführt. Ich war zwei Mal bei den Zeremonien, der kosmischen Feier, dabei. Es wurde jede Religion geehrt, gebetet und dazu jeweils ein Lied aus dieser Religion gesungen und getanzt. Viele Jahre vorher hatte es schon ein weiser religiöser Mann aus Indien gemacht. Er ehrte viele verschiedene Religionen und hatte auch deren heilige Bücher auf seinem Altar liegen.

Bei den Tänzen war deutlich die Seele jeder einzelnen Religion zu fühlen und wie wenig sich die Seele der

Religionen doch voneinander unterschieden und sich sogar ergänzten. An diesem schönen Vormittag hatten wir einige Religionen geehrt. Wir lernten, dass jede einzelne ihre Daseinsberechtigung in dieser Welt hatte. Jede brachte ihre ureigenste Sichtweise in unser Bewusstsein. Wer sich dafür öffnete, konnte von jeder Religion befruchtet und genährt werden. Jede einzelne Religion war für sich so offen, dass jede Religion die anderen Religionen neben sich liebevoll annehmen und respektieren, sogar in wunderbarer Weise mit einfließen lassen konnten. Es war ein herzerfüllender Abschluss der Tänze des universellen Friedens.

Ich fühlte mich noch einmal in die wunderbare Zeremonie ein.

Ich stand neben dem Altar und sah die Bücher mit leuchtenden Augen an. Tief im Herzen fühlte ich die Verbundenheit.

Der Gral

„Die Antwort ist in der Frage enthalten.
Es gibt keine Frage ohne Antwort. "

Hazrat Inayat Khan [16]

Mitten auf dem Altar stand ein Kelch. Er sah so ähnlich aus, wie ein Weinkelch. Er war aus Gold und sehr fein poliert mit schönen Verzierungen. Er war leer. Ich näherte mich ihm langsam und vorsichtig mit der Hand. Ich fühlte die Wärme, die von ihm aus ging.

„Ist das der heilige Gral?" fragte ich mich. „Ist er wirklich zum Anfassen und kann man wirklich daraus trinken?"

Ich nahm ihn in die Hand, er war sehr leicht. Viel leichter als er hätte sein müssen, wenn er aus Gold gewesen wäre. Der Kelch schien zu mir zu sprechen.

„Stell dir einmal vor, der heilige Gral ist kein Gegenstand, sondern er ist in dir. Er ist nur ein Symbol und wurde vor sehr langer Zeit als Gral beschrieben, um ihn sich bildlich vorstellen zu können, um ihn beschreiben zu können. Er existiert physisch nicht.

Der Gral sammelt alle Erfahrungen, die du gemacht hast, die du machst und machen wirst. Er ist der Behälter, der deine Erfahrungen in sich aufnimmt und speichert. Er steckt voller Weisheit, voller Intuition und voller Liebe, er ist deine Geschichte, deine Erfahrung.

Es gibt viele Menschen, die den heiligen Gral im Außen suchen. Sie suchen alte Karten und Passagen in alten Schriften, um einen Anhaltspunkt über den Fundort herauszubekommen. Sie interpretieren und interpretieren das Interpretierte.

Suche ihn nicht im Außen, du hast ihn im Innern, deinen eigenen heiligen Gral. Fühle in dich hinein, höre auf dein Herz. Suche nicht im Außen, finde im Innern. Denn du hattest bei deinen Reisen im Außen auch nicht gefunden, was du gesucht hattest. Du hast es im Innern gefunden".

Ich stellte den Kelch zurück auf den Altar. War das nun der heilige Gral? Aber er sagte doch, dass er es nicht sei!

Neben dem Kelch lag noch ein weiteres Buch auf dem Altar. Ein Buch ohne Aufschrift. Es hatte einen wunderschönen Einband, der mit Gold verziert und mit Brokat veredelt war. Ich blätterte darin herum und sah nur leere Seiten, keinen Text, kein Bild. Das Buch war dick, aber es stand nichts darin! Ich schloss das Buch und blickte mich um.

Der Mönch

"Gesegnet sind jene,
deren Gefühle aufgewühlt sind;
sie werden innen durch Liebe vereint werden."

Neil Douglas-Klotz [17]

In einer Ecke des Tempels bemerkte ich einen Mönch. Er saß dort mit geschlossenen Augen, ganz ruhig und in sich versunken. Er schien mich nicht bemerkt zu haben.

„Ich dachte, ich wäre alleine hier", bemerkte ich ganz vorsichtig.

„Du bist auch alleine hier. Niemand ist hier, außer dir. Ich bin nicht wirklich hier, es scheint nur so, als ob ich hier wäre."

„Aber ich sehe dich. Du sitzt in der Ecke mit geschlossenen Augen."

„Du siehst mich hier, aber ich bin nicht hier", sagte der Mönch und öffnete seine Augen. Er hatte sehr schöne Augen, die hell strahlten. Voller Liebe und voller Harmonie schienen sie das ursprüngliche Licht auszustrahlen. „Ich möchte, dass du dir etwas vorstellst. Und um das konkreter zu machen, damit du alle deine Sinne einsetzen kannst, bin ich als Mönch hier. Wer ich wirklich bin, ist nicht wichtig."

Ich sah den Mönch an. Wieder hatte ich ein merkwürdiges Gefühl dabei. Was wollte er mir zeigen? Was wollte er mir sagen?

„Ich möchte dir etwas zeigen", fing er an. „Eine Welt, die in deiner Fantasie liegen könnte. Du hast viel Fantasie und das wird dir jetzt helfen, dich einzufühlen. Bitte setze dich hin und mache es dir bequem. Schließe deine Augen. Ich will mit dir eine Meditation machen."

Ich setzte mich hin, wie er es gesagt hatte und schloss meine Augen.

„Stelle dir vor, du gehst eine Strasse entlang, an Blumen und Bäumen vorbei und du läufst auf ein Haus zu. Es ist klein, aber sehr schön und lädt dich zum Eintreten ein. Du gehst hinein. Wenn du drin bist, schließt sich die Tür von selbst und du siehst dort ein Wesen. Es leuchtet, es strahlt so hell, dass du kaum hinsehen kannst. Vielleicht erkennst du die Form eines Engels, du kannst es aber nicht genau erkennen.

Du machst es dir in diesem Haus bequem. Jetzt kannst du diesem Wesen eine Frage stellen."

Ich wusste nicht, was ich fragen sollte.

„Ich will dir helfen", sagte der Engel. „Du weißt noch, wie du auf deiner ersten Reise zu den Philippinen in den ersten Tagen ausgeraubt wurdest. Du hattest K.O. Tropfen bekommen und Sie waren sehr wirkungsvoll. Das was du noch davon weißt, ist nur, dass du elf Stunden sehr tief geschlafen hattest und danach einen Tag brauchtest, um wieder ganz klar und wach zu werden. Das, was in der Zwischenzeit gewesen war, weißt du nicht mehr. Du hattest noch nicht einmal Träume. Der Schlaf war nur dunkel. Ich will es dir aber erzählen, egal ob du es glaubst oder nicht."

Es hörte sich schon merkwürdig an, dass ich hier im Tempel eine Meditation mit einem Mönch machte, den es nicht wirklich gab und ich in dieser Meditation ein Wesen traf, das ein Engel sein konnte. Ich war schon gespannt, was er mir erzählen würde.

Ich wusste, dass ich in den Philippinen ausgeraubt wurde. Danach hatte es etwa eine Woche gedauert, bis ich meinen Großcousin treffen konnte. Mir war das nicht schlimm vorgekommen, aber man hatte mir auch gesagt, dass ich Glück gehabt hätte, dass ich wieder aufgewacht wäre. Für mich war es ein Abenteuer. Der Urlaub ging weiter. Es waren sehr schöne Wochen in diesem wunderbaren Land. Ich hatte dort sehr viele nette und liebevolle Menschen kennen gelernt. Ich war danach noch zwei Mal in diesem Land.

„Du warst in deine Welt zurückgekehrt", fuhr der Engel fort. „Eigentlich wolltest du dann nicht mehr auf die Erde zurückkehren. In deiner Welt hast du dich sehr wohl gefühlt, sehr friedvoll, liebevoll und ausgefüllt. Aber du hattest dich für eine Aufgabe entschieden.

In deinem Erdenleben wolltest du wissen, warum du auf der Erde bist. Es wurde dir aber gesagt, dass du alles wieder vergessen würdest, wenn du auf die Erde zurückkehrst. Das war dir bewusst. Dir wurde außerdem gesagt, dass ein Schlüssel dir die Tür zu deinem ursprünglichen Wissen öffnen kann. Aber auch diese Information hattest du wieder vergessen.

Jetzt bist du hier, damit ich dich daran erinnern kann. Ich kann dir nicht den Schlüssel geben, sondern nur den Hinweis darauf. Wenn du wieder in deinem Alltag sein wirst, wird dir der Schlüssel in die Hand fallen und du wirst intuitiv wissen, was der Schlüssel ist und wie er einzusetzen ist, denn du bist erwacht.

Du bist hier, um den Frieden in die Welt zu tragen. Und du wirst es tun, du wirst es können und du wirst Unterstützung bekommen.

Ich bedanke mich bei dir, dass du mir zugehört hast", sagte der Engel und verschwand.

Ich wollte den Engel noch etwas fragen, aber er war weg. Es war still geworden im Tempel. Ich hörte nichts mehr.

„Danke schön, lieber Engel", sagte ich. Es war schon interessant, dass sich der Engel bei mir bedankt. Ich hatte ihm zugehört und er hatte mir doch so viel erzählt.

„Dieser Tempel ist schon merkwürdig", stellte ich fest. Eine Zeitlang wartete ich noch. Dann machte ich langsam die Augen auf. Der Mönch war nicht mehr zu sehen, er war verschwunden. Ich saß noch lange auf diesem Platz.

Das Buch

„Wer vor den Spiegel tritt, um sich zu ändern,
der hat sich schon geändert."

Lucius Annaeus Seneca [18]

Irgendwie schien mich das Buch mit den leeren Seiten zu rufen. Ich ging hin und blätterte wahllos darin herum. Dabei schlug ich eine Seite auf, in der ein Spiegel war. Ich schaute hinein und sah mir genau in die Augen. Sie schienen mich magisch anzuziehen, mich sogar in sich hinein ziehen zu wollen. Ich ließ es zu und wurde in die Augen gezogen.

Ich stand in einer Welt voller Blumen und Blüten. Genau so, wie es an der Decke zu sehen war. Ich stand auf dieser Wiese. Ein kleines Gänseblümchen lächelte mich an. Ich bückte mich und streichelte es. Es fühlte sich warm und weich an, es schien, als ob ich mich innerlich dabei selber streicheln würde. Ein Streicheln der Seele, ganz tief in mir. Ich fühlte es ü- berall im Körper, in den Emotionen und in den Ge- danken. Das Streicheln war eine Massage der Seele, die mich weicher und stärker werden ließ, die mich wieder an meinen Ursprung erinnerte, an den Ort, wo ich her kam. Dort wurde oft in dieser Weise massiert.

Wundervoll erfüllt legte ich mich in das Gras und konnte alles fühlen, alles sehen: die wunderbaren Blumen, die frische Luft, den strahlend blauen Himmel, die helle, warme Sonne und das Gras, das ich mit meinen Händen berührte. Ich sah kleine weiße Wölkchen vorüberziehen und lächelte.

Gleich darauf stand ich wieder vor dem Altar und schaute in das Buch. Der Spiegel war verschwunden. Aber er hatte mich daran erinnert, dass ich einen neuen Weg gegangen war. Damit hatte ich begonnen, mein Leben selbst in die Hand zu nehmen und auch selbst die Verantwortung für mich zu übernehmen. Es war eine Herausforderung für mich.

Nahm ich die Herausforderung an? „Ja!" sagte ich voller Herzensliebe.

Neugierig blätterte ich noch einmal in dem Buch. Ich schlug eine Seite auf, auf der meine Eltern abgebildet waren. Fast wie ein Hochzeitsfoto. Beide strahlten und sahen mich dabei mit leuchtenden Augen an. Neben dem Bild war ein Brief.

„Wir haben dir den Weg geebnet, damit du das werden konntest, was du geworden bist. Wir haben es auf unsere Art und Weise getan, so gut wir konnten, um dir zu helfen, aufzuwachen. Wir haben genau deine Sprache und deine Bilder dazu verwendet, die du am Besten verstehen konntest und haben uns für dich bereit erklärt, unsere Liebe zu geben und unser Leben so zu leben, wie wir es getan haben. Du konntest in uns sehen, was du wolltest und du konntest auch in uns sehen, was du nicht wolltest. Wir hatten dir deinen Weg vorbereitet, für den du dich entschieden hattest.

Wir haben selten über Gefühle gesprochen. Aber das war der Weg für dich, deine Gefühle wieder zu erwecken und sie zuzulassen. So konntest du dich für deine Gefühle öffnen. Das war der Weg, den wir für dich bereitet hatten.

Vielleicht hattest du manchmal das Gefühl, dass du nicht immer deinen Weg gegangen warst, dass du vielleicht Umwege gehen würdest. Aber es war nicht so. Du warst deinen Weg gegangen, so wie du ihn gehen musstest, um deine Erfahrungen zu machen.

So konntest du in deinem Tempo wachsen und aufwachen. Du konntest lernen und dich weiter entwickeln. Du konntest dich aus deinem eigenen Sumpf befreien. Das war unsere Aufgabe für dich.

Du warst deinen Weg gegangen und hast dir deine richtigen Lehrer ausgesucht. Sie haben dir auch auf ihre Art und Weise weiter geholfen.

Wir wussten die ganze Zeit, dass du aufwachen und deinen Weg gehen würdest. Wir konnten es dir nicht sagen, aber wir wussten es.

Vielleicht hattest du es nicht immer gespürt, aber wir waren immer für dich da. Jeder von uns auf seine Weise. Wir waren immer in Liebe bei dir und mit dir verbunden und sind es immer noch. Die Liebe war immer da, sie ist immer da und sie wird immer da sein.

Wir sind auch an dir gewachsen. Wir haben auch von dir gelernt. Auch wenn wir es nicht gezeigt haben, so hast du in uns einen Samen gesetzt, den wir zum Wachsen und Blühen bringen, wenn die Zeit für uns gekommen ist. Dafür sind wir dir sehr dankbar.

Schön, dass es dich gibt.

In Liebe und von ganzem Herzen,
Deine Eltern."

Das war der persönlichste Brief, den ich je von meinen Eltern erhalten hatte. Ich atmete tief durch und sah mir das Bild noch lange an. Beide lächelten und ihre Augen leuchteten - und ich verstand.

Von ganzem Herzen bedankte ich mich bei meinen Eltern. Sie haben mir den Weg geöffnet, damit ich meine Herzensliebe finden konnte. Damals hatte ich es nicht verstanden, aber jetzt bin ich ihnen so dankbar.

Ich schlug das Buch ganz vorsichtig wieder zu und sah mich im Tempel um. Ich entdeckte viele schöne Bilder an der Wand. Alles Bilder aus meinem Leben, an die ich mich erinnerte. Es waren aber auch Bilder von Situationen, an die ich keine Erinnerung hatte. Hatte ich es nur vergessen oder würde ich das noch erleben?

Ich sah mich weiter um. Bei fast jedem Bild blieb ich stehen, sah es mir an und ich fühlte es. Sie waren voller Liebe und Weisheit.

Das Bild

„Das Wort, das aus der Seele kommt,
das setzt sich ganz bestimmt ins Herz!"

Dschelal ed-Din Rumi [19]

Bei einem Bild blieb ich länger stehen. Es waren verschiedene kleine Bilder in einem Oval angeordnet, die Erlebnisse, Ereignisse und Entscheidungen der letzten paar Jahre enthielten. Sie hatten alle einen bestimmten Platz in chronologischer Reihenfolge. Aber etwas stimmte an diesem Bild nicht. Es war nur ein Gefühl, wurde aber gleich von dem Bild bestätigt. Die kleinen Bilder waren getrennt voneinander, aber sie sollten verbunden sein, denn alle Bilder hatten mit mir zu tun und gehörten zusammen zu meinem Lebensstrom. Ich hatte sie anscheinend so stehen lassen, weil ich dachte, dass die Themen abgeschlossen seien.

„Wie soll ich sie verbinden?" fragte ich.

Das Bild gab mir gleich die Antwort. Es war ein Stift darin abgebildet, der langsam aus dem Bild auf mich zukam. Ich nahm den Stift und malte Verbindungen in roter Farbe zwischen die kleinen Bilder. So hatte ich den roten Faden meines Lebens eingezeichnet. Die einzelnen kleinen Rahmen bog ich auf, damit sie in den Lebensstrom einfließen konnten. Als ich fertig war, fingen die Bilder an, um den Mittelpunkt zu rotieren und wurden immer schneller. In mir spürte ich die Rotation im ganzen Körper. Es fühlte sich an, als ob ich innerlich in Bewegung kam. Alte und neue Gefühle wirbelten herum und verursachten ein Chaos, das sich langsam ordnete. Es entstanden Verbindungen in mir, in der alle Erlebnisse miteinander verknüpft wurden und sich gegenseitig ergänzten. Die einzelnen Geschichten und Erlebnisse in mir bekamen einen neuen Sinn. Alles war notwendig gewesen, um mich zu formen, zu bilden und für die nächsten Schritte in meinem Leben vorzubereiten. Aus den einzelnen Szenen wurde eine komplette Symphonie. Die Symphonie meines Lebens, die ich mein ganzes Leben komponiert hatte. Alles hatte seinen Sinn, alles hatte dazu beigetragen. Kein Hadern mehr mit alten Situationen, sondern die harmonische Verknüpfung zum Ganzen.

Mein Tempel gefiel mir gut. Ich fühlte mich wohl und unendlich geborgen. Ich hatte das Vertrauen wieder gewonnen.

Nach dem Tempel

„Geduld bedeutet, dass man immer weit blickend das Ziel im Auge behält. Ungeduld bedeutet, dass man kurzfristig nicht die Bestimmung begreift."

Dschelal ed-Din Rumi [20]

Eine Frage bewegte mich: „Was ist nach dem Tempel, was ist im Alltag?"

Ich wusste, dass ich jeder Zeit hier her zurückkehren konnte. Es war ein wunderbarer Ort mit vielen Weisheiten und Sichtweisen. Ich konnte hier viel über mich lernen.

Aber was hatte der Engel gesagt? Ich würde den Schlüssel finden, wenn ich in den Alltag zurückgekehrt wäre. Wie wird er aussehen? Was wird es für ein Schlüssel sein? Er würde mein ursprüngliches Wissen für mich öffnen, hatte er gesagt.

Langsam ging ich zur Tür. Als ich den Tempel verließ, schloss sich die Tür hinter mir automatisch. Ich drehte mich um und sah wehmütig zurück. Ich verließ einen Platz, an dem ich mich wohl fühlte, an dem ich mich sicher fühlte, an dem ich die Wärme und Liebe spürte.

Ich verließ ihn und verließ die Geborgenheit, die Wärme und die Liebe.

Verließ ich das wirklich alles? Verließ ich wirklich die Wärme, die Geborgenheit und die Liebe? Ich spürte in mir etwas, das ich vorher noch nie gefühlt hatte. Es war etwas Wunderbares. Es war etwas unbeschreibliches, etwas, das sich so richtig schön anfühlte.

Ich spürte in mich hinein, denn ich wollte wissen, was es war. Lange Zeit stand ich vor dem Tempel und fühlte. Ich fühlte einfach, ohne zu denken. Ich fühlte in meinen Körper hinein. Er fühlte sich leicht, frei und beweglich an, so als ob jede einzelne Zelle tanzen würde.

War es doch kein Abschied, war es etwa ein Ankommen? War ich in der Wärme, in der Liebe, in der Geborgenheit angekommen? War ich in mir angekommen?

Es wurde mir von jeder einzelnen Zelle in meinem Körper bestätigt. Ich wurde bestätigt mit jeder einzelnen Emotion. Ich wurde bestätigt mit jedem einzelnen Gedanken.

Ich war zu Hause angekommen. Durch den Tempel war ich in mir angekommen, durch mich war ich in mir angekommen.

Ich konnte den Weg zurück in meinen Alltag gehen, die einzelnen Stufen zurück zum Bach. Auf jeder einzelnen Stufe spürte ich Dankbarkeit, für mein Leben, für die einzelnen Episoden meines Lebens und ganz besonders für die lieben Engel, die mich in meinem Leben begleitet hatten. Die wunderbaren Engel in Menschengestalt, die mir meinen Weg zeigten, die dafür sorgten, dass ich Wege gehen konnte, die ich mir alleine nicht zugetraut hätte. Viele von den wunderbaren Engeln haben mich kurz begleitet, einige aber auch einen großen Teil meines Lebens. Und alle haben ihre Spuren in meinem Herzen hinterlassen. Es haben viele an mich geglaubt, auch dann, als ich mich schon fast aufgegeben hatte.

„Ich bedanke mich von ganzem Herzen bei meinen Engeln", sagte ich voller Freude und ging voller Zuversicht zurück in das Kloster.

Wieder im Kloster

„Jeder Tag, an dem du nicht lächelst,
ist ein verlorener Tag."

Charlie Chaplin [21]

Ich ging direkt in mein Zimmer. Als ich mich auf das Bett setzte, kamen gleich Erinnerungen an meine Eltern. Ich blickte auf eine weiße Wand und die Dankbarkeit stieg in mir auf, für alles, was sie mir gegeben hatten und was sie mir ermöglichten. Lange Zeit saß ich noch so da.

Als ich Hunger bekam, machte ich mich frisch und ging zum Speisesaal. Das Essen war besonders lecker. Jeden Bissen genoss ich und fühlte dabei die Liebe in mir, viel intensiver als ich es vorher wahrgenommen hatte. Jede Geschmacksknospe schien viel mehr Geschmack aufzunehmen, jeder einzelne Geschmack war viel intensiver. Ich konnte die einzelnen verschiedenen Richtungen genau auseinander halten. Auch der Duft war intensiver und harmonischer, wurde langsam zu einer wunderbaren Symphonie mit schönen Erlebnissen in meinem Leben. So nahm ich mit jedem Bissen viel frische und leuchtende Energie auf.
An diesem Tag ging ich früh zu Bett. Der Tag war auf seine besondere Art ein wenig anstrengend gewesen.

Ich schlief sofort ein und träumte viele schöne Träume, viele Ausschnitte aus meinem Weg zum Tempel. Am nächsten Morgen wusste ich sie noch alle.

Ein paar Tage blieb ich noch im Kloster. Diese Ruhe, Stille und Demut wollte ich noch genießen. Bei den zahlreichen Begegnungen mit lieben Menschen im Kloster ergaben sich viele schöne Gespräche, die teilweise sehr tiefgründig waren. Wunderbare Menschen, mit denen manchmal auch nur ein Blick ausgetauscht wurde, haben mein Leben bereichert.

Zurück in den Alltag

„Berührt der Mensch die allerletzte Wahrheit,
so erkennt er, dass es nichts gibt,
das nicht in ihm selbst ist."

Hazrat Inayat Khan [22]

Die Zeit war gekommen, nach Hause zu fahren. Ich dachte an die schönen Tage und nahm das wunderbare Gefühl mit in den Alltag, der nicht mehr so sein sollte, wie er bislang war. Diese Tage hatten mich verändert, hatten meinen Alltag verändert. Alles, was ich anpackte, machte ich mit Liebe, in Ruhe und Gelassenheit.

Ich bin gespannt auf den Schlüssel!

„Trenne dich nicht von deinen Illusionen.
Wenn sie verschwunden sind,
wirst du weiter existieren,
aber aufgehört haben zu leben.“

Mark Twain[23]

Quellenangaben

1, Khalil Gibran, Der Prophet, dtv, Umschlag Rückseite

2, Dschelal ed-Din Rumi, (1207 - 1273), persischer Mystiker und Dichter, Begründer des Sufismus, stiftete den Derwischorden der Mewlewije

3, Lutz Doblies, Traumtagebuch, 27. Juli 2005

4, Neil Douglas-Klotz, Das Vaterunser, 6. Zeile. Loslassen, Herzschlag für Herzschlag, Knaur, 2000, S. 61

5, Neil Douglas – Klotz, Das Vaterunser, 1. Zeile. Unsere Geburt der Einheit, Knaur, 2000, S. 34

6, Hazrat Inayat Khan, Die Goldene Mitte, Heilbronn Verlag, S. 12

7, Eileen Caddy, Hör mit den Ohren der Liebe, Aurum, S. 61

8, Dschelal ed-Din Rumi, (1207 - 1273), persischer Mystiker und Dichter, Begründer des Sufismus, stiftete den Derwischorden der Mewlewije

9, Hazrat Inayat Khan, Die Goldene Mitte, Heilbronn Verlag, S. 11

10, Antoine de Saint – Exupéry, Der kleine Prinz, Rauch Verlag, S. 100

11, Johann Wolfgang von Goethe, (1749 - 1832), deutscher Dichter der Klassik, Naturwissenschaftler und Staatsmann

12, Neil Douglas-Klotz, The Sufi Book Of Life, Penguin Compass, S. 20

13, Neil Douglas-Klotz, Das Vaterunser, 8. Zeile. Die Feier der kosmischen Erneuerung, Knaur, 2000, S. 70

14, Neil Douglas-Klotz, Das Vaterunser, Seligpreisung. 6. Jesus sagte, Knaur, 2000, S. 93

15, Francis Kardinal Arinze, Religionen gegen Gewalt - Eine Allianz für den Frieden, Herder Spektrum, S. 125

16, Hazrat Inayat Khan, Die Goldene Mitte, Heilbronn Verlag, S. 11

17, Neil Douglas-Klotz, Das Vaterunser, Seligpreisungen, Knaur, 2000, S. 107

18, Lucius Annaeus Seneca, (ca. 4 v. Chr - 65 n. Chr.), römischer Politiker, Rhetor, Philosoph und Schriftsteller

19, Dschelal ed-Din Rumi, (1207 - 1273), persischer Mystiker und Dichter, Begründer des Sufismus, stiftete den Derwischorden der Mewlewije

20, Dschelal ed-Din Rumi, (1207 - 1273), persischer Mystiker und Dichter, Begründer des Sufismus, stiftete den Derwischorden der Mewlewije

21, Charlie Chaplin, 16.04.1889 - 25.12.1977, engl. Schauspieler

22, Hazrat Inayat Khan, Die Goldene Mitte, Heilbronn Verlag, S. 7

23, Mark Twain, 30.11.1835 - 21.04.1910, US-Schriftsteller